AF346269

# Les Larmes De Ma Conscience

Efry Trytch Mudumumbula

# Les Larmes De Ma Conscience

(Roman)

GNK
**Editions**
Gabon

ISBN 978-2-37806-385-6
© GNK Éditions Gabon, Libreville, décembre 2022
Tel: (+241) 066600380 / 077853540

# Du même auteur

- Mimbi et le monde (roman), Paris, Éditions Édilivre, 2016.

- le chemin qui mène vers… (roman), Paris, Éditions Édilivre, 2018.

- Chronique d'un Dieu oublié (nouvelles), Abidjan, Éditions Gnk, 2020.

- "Le dernier forfait de Dolè" in Ce que le chien a vu à Nzeng Ayong (nouvelle/Collectif UDEG), Libreville, Éditions Udeg, 2020.

- Brasier de vers (poésie/ CODAAF) Libreville, Éditions Gnk Gabon, 2020.

- Bien conjuguer (essai), Libreville, Éditions Gnk Gabon, 2021.

- Les vers de la vie (poésie/ Fath Kumbe Manduku), Libreville, Éditions Gnk Gabon, 2021.

- Mémoire épluchée (nouvelle), Libreville, Éditions Gnk Gabon, 2021.

- L'appât-science (théâtre), Libreville, Éditions Gnk Gabon, 2021.

- Ghélongo ou le remède (roman/Okoumba-Nkoghe), Libreville, Éditions Gnk Gabon, 2021.

- Tous ces ans foirés (théâtre), Libreville, Éditions Gnk Gabon, 2021.

- Mes passions brûlantes (poésie/avec Princesse Loango), Libreville, Éditions Gnk Gabon, 2021.

- Nos vers en vert (poésie/CODAAF), Libreville, Éditions Gnk Gabon, 2021 .

- La révolte des Casses-Rôles (poésie/CODAAF), Libreville, Éditions Gnk Gabon, 2021.

# Aux enfants du Soleil

## Mw' Onombê

«A oungwè
Mé noz' awè nkogho yino
Nté noz' odjo noza yo nkè
Nozé nkogho yino awa n'iwo nkè
Kondènè mèn' owendja hé...
A oungwè nkéndé yiré na monagha
Evèmba zéré na mw'onombê
Andi yéré na mw' onombê
Ghéré miè méré kotiza
Ntcho wa voro ghé kendo wè
Aléwana ghé pil' okuwa
Voné djao fala
Voné djoni nguèssi
Wa kompiniyè
Djao wo gh' ighôwi
Nèn' oghô gh' oghô
Nd' awè mw' onombê (bis)
Anounguini fala...
A oungwè émèno zo zéré ka mpiaghanagha
Mpiaghanagha...
(A) Wéré dolo gh' ompambo
Ka mponaghagha...
Ndo a oungwè okouwiwanwi wa djassi
Mènè miè gh' élongua
Mèndé bé noz' odjo...
Mèndé bé nozé n'kavi...
Né pénguin'a ndé
Ah ! ... Tapè né pénguin' ogula...
Diao fala, nguèssi, kompiniyé gh'ighowi
nèmo a oungwè wano
Oghô, gh'oghô...
Ndégho ni ndégho...
Nd'awè mw'onombê

Bongogho gha Ngama (Nyama)
Ndwanini yéré nè awaniwo wé djouwa
Awè ni ponagha wawo
An ! ... An ! ...
Rangua wé gna (gho) tavoulou mo
Ni fala ni kompiniyé ni n'guéssi
No bé kaloungn' émèno zo
Ndo... Ndo... Ndo...
Kèndini yéré na mw' onombê
A miè nguani...
Mw' onombê nongwa !
Mw' onombê nwa wè !
Emèno zo zé ré ka mpighanagha
Véndé n'igna sé gno wè wéré dèngua...
Hééé ! ...
A oungwè alèwa
Mw' onombê nwa wé
Mw' onombê nongwa
Ntché' ngwé yé djila
Mw' onombê nongwa
Ntché yo yé djila»

Peuple Omyénè

« Mw' Onombê - Être Humain »


«Je te transmets ces paroles
Comme on transmettrait un flambeau (odjo).
N'oublie surtout pas de les transmettre à ton tour !

Dans les moments de doute,
Même si tu ne sais plus où tu vas,
Rappelle-toi toujours d'où tu viens !

Cela fait longtemps
Très longtemps…
Depuis qu'ils ont tracé des lignes çà et là,

Le temps a passé
Et rien n'a changé pour toi.
Partout ailleurs, le monde a fait la paix,

Quelquefois sur ton dos…
Les ennemis d'hier
Aujourd'hui main dans la main

Ceux pour qui jadis tu avais combattus
S'efforcent aujourd'hui
De ne pas trop parler de toi,
Ils t'ignorent même !
Quelle ingratitude !

Et toi
Tu persistes à entretenir toujours autant de haine,
Autant de méchanceté envers toi-même
A l'égard des enfants
Que tu ne parviens toujours pas à nourrir !

Depuis, tu attends,
Tu contemples,
Spectateur…

Mais, qu'attends-tu, que contemples-tu donc ?
Ne regarde pas trop le ciel
Il risque de voler à jamais ton image !

Sache tout de même
Qu'il n'y a que toi qui fasses ton destin,
Les discussions sur toutes les grandes places
N'y feront jamais rien

Si tu ne te réveilles pas,
Si tu ne te bats pas
Si tu continues d'attendre…

Ta condition se joue ici d'abord,
Ici, dans ton village, dans ton pays, dans ton continent,
Enfin, ta place dans le monde…

Personne ne fera jamais rien à ta place !
Personne !
Ne l'oublie jamais !
Personne !

Enfant, jeune,
Homme, femme et adulte
Personne ne fera jamais rien à ta place !»

**Titre tiré du peuple Omyénè chanté par le Capitaine
Charles N'Tchoréré en mission de guerre (archive)**

# Livre 1

«Dieu, aux hommes, a tout donné,
Mais ils se sont eux-mêmes égarés.

Les hommes se sont eux-mêmes condamnés,
À errer sans être craintifs.

Les hommes sont fous dans leurs objectifs,
Fous dans toutes leurs quêtes du bonheur.

Fous dans toutes leurs folies de grandeur,
A-t-on touché le fond ?»

*La Plume De L'Esprit*

*＊＊＊＊＊＊＊＊＊＊＊＊＊＊*

Dehors dès l'aube, à l'heure où les bourgeons esquissent leur danse mythique et mystique, l'air se remplissait déjà des bonnes odeurs des arbres mouillés et de celles de la floraison du matin quand soudainement, Félix Nguéma Ndong aperçut une silhouette au bord de l'étang engorgé de roseaux. Elle se tenait là, bien droite, face à lui sur sa béquille. Elle lui parlait. Elle riait tout en faisant des gestes longs et calculés. Mais dans cette dimensions existentielle, ses mots se perdaient dans les grondements du tonnerre lointain et dans l'écho du silence de la réalité.

De gros serpents de brumes matinaux envahissaient le moment. Par les pores de sa chambre, seul, Félix Nguéma contemplait la vie tout en se déplaçant en esprit pendant que son corps inerte était toujours sur son lit. Il n'avait à ce moment précis qu'un désir tentaculaire : celui d'entendre et de goûter au miel de ses paroles ; contempler la douceur de son sourire ; et revivre le plaisir que procure un salut du chapeau du vieil homme. Sinon, se vautrer simplement sur cette tendresse soucieuse qui semble toujours traîner sur son si beau et doux visage angélique.

Félix Nguéma croyait fortement à ce qu'il apercevait. Il entrevoyait son père qui, il y a bien longtemps, l'avait précédé sur le chemin de l'éternité, là-bas où la caresse du soleil impétueux est tendresse. Illusion ou réalité ? Aucune idée. Toutefois, ne dit-on pas que : *Les morts ne sont pas morts ?*

Ces derniers peuvent planer à la lisière de notre vision pour nous porter un message ; ou bien nous honorer d'une simple visite de courtoisie. Ou plutôt, ils peuvent décider de juste faire une petite balade, baguenauder. Néanmoins dans cette folle existence, notre monde, ils sont là, de tout temps et de tout lieu avec nous. Même si, d'un temps à un autre, ils préfèrent exécuter des va-et-vient dans les deux mondes sans trop de difficultés. Imposant le chaud et/ou le froid. Sans quoi, profitant quelquefois de la brume dense et volumineuse pour s'introduire dans nos vies.

C'était donc d'un réveil pesant, tardif, mais surtout froid que la journée ouvrait ses lourdes portes. Le soleil, de l'autre côté de la ville, avait beaucoup de peine à quitter son lit. On aurait dit que celui-ci avait veillé toute la nuit. Ou encore, que dame soleil voulait passer la grâce journée avec son homme. D'où, son hésitation à ouvrir les yeux ; son incertitude à percer les ténèbres du matin ; sa tergiversation ; son indécision à briser le rêve mortel.

Tout de blanc vêtu, le brouillard continuait toujours d'encercler la ville dans un élan grossier. Phénomène unique dans le pays. C'était par les fenêtres ou les portes que les vieux d'un œil craintif, scrutaient ce lever du jour *osément* particulier. La ville, à ce moment précis, inondait de pleurs d'enfants. On pouvait entendre, de partout, des cris de femmes et des étonnements des hommes.

Les aboiements des chiens augmentaient non

seulement la peur des enfants, mais aussi celle des autres animaux. Les moutons faisaient leur vacarme. Et comme si cela n'était pas assez, les poules et les coqs trouvaient le moment propice pour former une chorale.

Toute la ville était en émoi. Des jurons fusaient d'ici et d'ailleurs. Les femmes maudissaient ce temps aux apparences mystiques. Les nuages criaient aux entourloupettes de la pluie. On attendait sourdre de plusieurs églises évangéliques, protestantes ou encore celles dites éveillées et réveillées des prières flamboyantes, car convaincus que les sorciers étaient coupables du frissonnant temps qu'il faisait.

Certaines personnes soutenaient même la thèse selon laquelle : les justiciers de l'enfer n'avaient pas encore achevé leurs œuvres dans la nuit qu'ils voulaient, de ce fait, tels des dieux temporels et égoïstes, prolonger l'obscurité.

D'autres, en revanche, pensaient que la fin du monde était déjà arrivée. « La Bible l'avait d'ailleurs annoncée… » pouvait-on entendre dans ce brouhaha cataclysmique.

Avec ce jour froid, timide, et dénudé de puissance, le brouillard doublait d'épaisseur sans trop d'effort.

— Malédiction ! Le monde s'effondre. La vie va disparaître bientôt. Le Seigneur l'avait prédit. Disait une femme au torse nu.

— Je proclame le feu au nom du Seigneur. Que l'épée du Saint Ange, bras puissant de notre Père frappe ce phénomène… martelait une voix.

— *Seigneur Jésus, que Tu es bon et Tu es mon seul Seigneur. Je vois Ton amour si grand, et si fort…* chantonnait une autre voix. Seigneur Dieu tout puissant, dans le Livre des Livres aux Psaumes 118 : 17 Tu déclares que *Je ne mourrai pas, je vivrai. Et je raconterai les œuvres de l'Éternel. Je raconterai les œuvres de mon Seigneur et je ne mourrai pas, éééh.* Continuait la même voix.

— Le feu. Le feu sur vous ! Fais descendre Ton feu Seigneur, ohhhh Yahweh. El shaddaï… Yehovah Yireh Papa, je piétine les démons. Ohhhh Seigneur ! (Claquement des doigts) *Tu m'as donné le pouvoir de marcher sur les démons et les scorpions.* Aujourd'hui, je T'invoque ! Le feu ! Le feu ! Le feu ! Le feu ! J'envoie ! Donne-moi le pouvoir nécessaire pour détruire les démons responsables de ce temps. Ohhhh, Seigneur ! Papa, c'est Toi ! Le Roi des rois, c'est toujours Toi… Proclamait la femme au torse nu tout en crachant et en martyrisant le sol.

Le temps était fort glacial, quand la réaction des hommes bien trop chaudes. C'était donc, dans une telle dissonance que, mère Ndong, du haut de son âge et du long de son corps s'écroula sans encombrement. Conduite rapidement à la clinique la plus proche, bien que le diagnostic vital n'étant pas engagé, celui médical décelait en elle plusieurs nodules tumoraux. Des tumeurs cruelles : une tumeur au cerveau, une autre au poumon et une dernière au foie. Celles-ci affectant progressivement plusieurs autres organes de son corps : ses reins, son cœur, ses yeux et bien d'autres. Elle devait, dès lors, être transférée en urgence dans un hôpital à soins intensifs ici à Loubev la Belle. L'issue — des frais d'hospitalisation et de soins exigés — était incertaine pour son fils Félix Nguéma qui ne brouillait que du noir. Que faire ? À qui demander de l'aide ? Quel organisme serait-il bienveillant afin de lui offrir cette générosité ? Comment pouvait-il s'en sortir? Où pouvait-il trouver tout cet argent, dans les délais, pour commencer les soins? Quel miracle serait-il, lui si pauvre, adroit d'accomplir, en urgence, en de tels moments ?

— Sans argent, monsieur, nous ne pouvons rien faire, disait le docteur dès leur arrivée au sein de la structure hospitalière, sans même d'abord chercher à recevoir la patiente.

— Mais, docteur, ne… ne pouvez-vous pas au moins lui donner des calmants afin de m'offrir encore un peu de temps ? Juste un peu s'il vous plaît ? Suppliait Félix Nguéma.

— Glèglèglè ! Glèglèglè ! Glèglèglè ! Ohhhh, mouuuf! Et puis quoi encore ? Pensez-vous vraiment être le seul être tombé dans cette situation, monsieur ? Putain ! Tout ceci me sidère et finira par me tuer un de ces quatre matins. C'est assez drôle que tous ceux qui n'ont pas d'argent demandent continuellement du temps — rire —. Le temps, nous n'en avons pas assez. Non, nous n'en avons même pas. Que dis-je, il n'y en a plus maintenant, monsieur. Regardez bien cet hôpital, pensez-vous que vous êtes le seul ou encore le premier à demander clémence, bien au-delà mendier un peu de charité ? Bien sûr que non, mon très cher ami. Avant toi, il y en a eu des tonnes. Que sommes-nous devenus après ? Qu'avons-nous obtenu en retour ? Je vous laisse, monsieur, imaginer la suite de ces nombreuses histoires. C'est fini tout ça ! Si vous n'avez pas d'argent, allez chercher clémence ailleurs. Pendant que nous y sommes, elle a quitté cette structure depuis bien longtemps. Madame et monsieur, pas besoin de vous montrer le chemin de la porte, vous le connaissez déjà ! En fait, si vous voyez mon dos, c'est que je suis devant… Concluait-il en tournant ses talons.

À l'instant, les doux murmures de son enfance se firent entendre en lui. Le cœur se pinça et la gorge sécha telle une empoignade. Tout d'un coup, il sentit comme une douleur interne intense. Il tituba un court instant, ivre d'air. Suffoqua par moment, car expérimentant une nouvelle forme d'ivresse. Il ne contrôlait plus son corps comme si son cœur avait bu du sang. Il sentit une pression sur lui comme pris dans un étau particulier, le mangamba. Puis, dans un effort surnaturel, il serra les muscles, tous les muscles de son être dans un élan de refoulement. Il fallait, même au prix de la mort, faire disparaître la douleur qui palpait son organe musculaire et moteur de la circulation sanguine. Mais, celui-ci se solda par un saut, un jump vers un monde inconnu.

Là-bas, il se retrouva assis-là, formant une ronde autour d'un feu. Dans cette dernière, il était demandé que chacun, à tour de rôle, racontât son histoire. Ce ne serait qu'après cette opération, dite rituelle, que l'esprit de l'individu retrouverait la quiétude. La paix. Le silence des seigneurs.

Le maître de séance fixa Félix Nguéma droit dans les yeux. Pris de panique, ce dernier baissa la tête et fit semblant de chercher quelque chose, au sol, dont lui seul aurait connaissance autour de lui. Avait-il perdu quelque chose ? Se demandait le maître.

Il s'esclaffa, puis couvrit toute l'assemblée d'une très

fine couche de matière pulvérulente. Celle-ci rétorqua dans un fracas d'expiration convulsive et bruyante de l'air contenu dans les poumons, et provoqué par l'irritation des voies respiratoires comme des moutons atteints de chikungunya. Ce bruit formait maintenant une chorale de malades de toux.

Je regardais, contemplant silencieusement depuis ma cachette. Oui, de là où je me trouvais, la vue était paradisiaque, un paradis d'enfer. Admirant sans mots du haut de mon trône, leurs visages déformés par les nombreux monstres en flammes présentaient des hommes silhouettes étranglés par une toux permanente à l'honneur de la chronique d'un Dieu oublié. Ils étaient devenus tous esclaves d'un phénomène qui passait désormais pour le maître de leur vie. Un vent chaud, puis froid frappait mes ailes quand soudain, les voilà en déploiement. Toutefois, je refusais de m'exécuter, rebelle comme toujours. Un rebelle. Oui, rebelle et lion font rébellion ! dit-on.

Puis promptement, ils plongeaient cette fois dans un rire aigu. Plus vrai. Un rire grondeur et féroce. Un rire grandeur nature. Un rire trop exponentiellement fou. Malgré eux, ils ne pouvaient arrêter, non seulement de rire, mais aussi de tousser. Cet océan de monde se transformait en un lieu en extrême euphorie. Alors, d'un geste vif et éclair du maître, le bruit s'estompait et stoppait peu de temps juste après. Entre nous, plus rien ne bougeait. Plus aucune silhouette. Toutes celles-ci avaient disparu. Elles s'étaient volatilisées dans ce vent de rêves merveilleux tel un gémissement dans le vide. Tout autour de moi était identique à ce reflet dans le miroir, désintéressé de toute forme d'image, vide non pas seulement de sens, mais également d'essence.

Plus aucun individu ne toussait. Plus aucun d'eux ne riait. Plus personne ne parlait. Plus aucun rythme. Plus rien. Aucun mouvement. Aucun son. Aucun bruit. Tout était silence. Tout était devenu silencieux. Tout n'était dorénavant qu'apaisement. Grosse quiétude. Même le ciel devant eux, et à l'horizon marquait une ultime pause. Silence. Calme. Soulagement. Que didiii ! Chuiii !

À force de fixer le même endroit, ils devenaient victimes d'illumination chimérique. Illusion optique peut-être. Vision assurément prestidigitatrice. Moi, j'étais l'unique témoin de cette expérience méga folle. Le visiteur inconnu.

Alors, les bras grandement ouverts, le regard bien fixe et la voix bien calibrée, presque divine dirais-je, il proclamait :

— Bienvenue à tous les nouveaux. Je m'appelle Yodzi, le Grand Maître de la Parole de Diambudi, le plus grand pays de l'au-delà. Nul individu empruntant ce chemin ne peut passer dans le monde supérieur sans s'être libéré de ses malungues. (En bougeant la tête) Hummm, malungues, ses problèmes. Vous observez certainement derrière moi une infinie file de vieillards, ce sont mes maîtres, des Ngonzas. Ils vérifient le travail accompli et vous orientent quand je suis occupé. Regardez vers le ciel et vous comprendriez peut-être mieux.

Tous levèrent les yeux vers les cieux. La bleutée, comme à l'entrée d'une ruche, inondait de silhouettes blanches voltigeuses, nous rappelant immédiatement les esprits observables dans plusieurs films de science-fiction. Jackie Chan avait donc raison. Quelle inspiration ! Chapeau à lui pour cette sorcellerie-là. Et moi qui pensais que ce n'était que des mensonges. Croyez-moi, elles sont bien vraies ces choses-là. Continuons…

— Le bonheur m'envahit et je garde le sourire puisque, ces esprits sont en train d'être orientés. Ils ont terminé leurs séjours sur terre et doivent maintenant assumer toutes les conséquences de leurs actes terrestres. Ahhh ! Le jour s'est enfin effondré dans les profondeurs de l'inexistant, laissant ainsi place à la nuitée. Les coqs et les poules ont déjà caché leurs visages dans leurs ailes pour ignorer toutes les actions nocturnes. Le hibou guette l'obscurité avec impatience et la chauve-souris sourit enfin de la mort du jour. Il est bientôt vingt heures et la cérémonie de la Parole, la vraie, devra commencer d'un moment à un autre.

Il se retourna alors vers ses maîtres et commença à réciter à haute voix des Paroles étranges. Un langage codé. Il parlait une langue inconnue. La langue des esprits. Oui ! Même moi qui ai déjà eu à fréquenter plusieurs mondes ne comprenais rien à ces mots. Ses paroles sonnaient comme une mélodie jouée par un instrument ancestral dans un monde moderne. Ahhh, quelle merveille ! Du coup, l'objectif pour moi ne fut plus de saisir le sens, mais plutôt de se laisser emporter par le rythme ensorceleur et la source de ces paroles.

J'étais de passage, mais cet endroit me plaisait de plus en plus, car séduisant par ses mystères. J'aime, j'adore la découverte. Découvrir enrichit ma besace. Tsé !

Après sa litanie, il se macula le corps — partant

de la tête vers les pieds — d'un parfum imaginaire ayant une odeur forte, tantôt douce, tantôt piquante. Puis, il frissonna un court instant. Le frissonnement précéda un gémissement. Le gémissement, à son tour, précéda le mouvement du corps. Le mouvement du corps lui, fut simple, mais plein de mystères. Il eut un grondement de tonnerre.

Imprévu, il se leva brusquement. S'assit. Se leva encore. Puis, se rassit. Se releva aussi promptement. Se rassit identiquement. Il pratiqua ce va-et-vient pendant plusieurs minutes. Des pas de danse accompagnaient le moment, lui donnant ainsi des apparences de sorcelleries.

Un vent chaud annonçait la température. Après, un autre vent, non pas chaud, mais cette fois froid donnait non seulement un autre parfum, mais aussi une autre couleur au temps. Le paysage se peignait et se dépeignait les cheveux à transitions constantes.

Des ombres se rassemblaient tout autour des hommes silhouettes comme venues assister à cette cérémonie-rituelle. Un public autre et surtout plus averti était arrivé. On pouvait dire une bande de personnes initiées. Puis vint un autre genre de groupe, celui-là ne semblait pas avoir le même air que le précédent. Et, un autre groupe arrivait encore avec une configuration différente des précédents. Chacun avait une place bien déterminée. Sans se bousculer, la tranquillité et le silence régnaient en maîtres des lieux.

Yodzi, notre maître de séance, toujours imperturbable dans sa cohérence, continuait comme si de rien n'était. Il bougeait dans tous les sens, martelait ces mots toujours incompréhensibles. Il mâchait. Crachait. Haussait la voix comme s'il s'adressait à quelqu'un en face de lui. Il mimait. Remâchait. Recrachait. Il chantait des titres que seul lui savait les significations. Il remâchait encore, recrachait aussi avec le rythme d'antan.

Sorcellerie ? Peut-être. Ou, peut-être pas. À chacun son interprétation, à chacun sa croyance. Le maître continuait sa danse. Admiratif, un nom arrivait et se répétait dans ma tête comme une voix insomniaque, comme une puissance qui te traîne et te transporte toute la nuit dehors sans énergie, sans être capable de refus, sorcellerie ! Le nom continuait sa danse et son rythme dans ma tête, danse magique, danse mystique, danse bizarre, la danse de Pilar. Et subitement, comme il était arrivé, il disparut. « Mais peut-être que ce nom ne pouvait être prononcé » me disais-je.

Quelques torsions supplémentaires et le maître s'assit. Cependant, continuant son charabia, cette fois plus lentement et posément, il frotta encore quelque chose d'invisible sur les bras et les pieds. L'odeur du kaolin inondait alors l'atmosphère. Des traits de kaolin, d'ocre rouge et du charbon apparaissaient d'abord sur lui puis sur tous les autres initiés quand, la Parole perçait le vent :

— Avwanì ma dièndzô, proclamait-il d'une voix ferme.

— Dièndzô, répondaient-ils en chœur.

— Avwanì ma dièndzôô, répliquait-il.

— Dièndzôô, ajoutaient-ils telle une chorale.

— Mâ avwanì ma dièndzôôôô ghonè ôôô.

— Dièndzôôôôôôôô.

— Ma dièndzô ma mughogho, concluait-il.

Les esprits mécènes et les ancêtres charitables lui avaient fait l'aumône. La cérémonie avait été acceptée. Elle pouvait enfin commencer.

— Le temps est parfait et la lumière bien chaude, annonçait le maître les mains tendues au-dessus des flammes. Nous commencerons par vous — il pointait du doigt la dame à droite de Félix Nguéma — et terminerons par vous là-bas, le monsieur à gauche de la dame. C'est monsieur Félix Nguéma Ndong n'est-ce pas ?

— Oui, maître.

— Formidable ! disait-il. Après chaque attribution de la parole, celle-ci devra impérativement me revenir, c'est compris ! continuait-il.

— Oui maître. répondaient-ils en chœur.

— Alors, à vous madame ! Dites-nous, racontez-nous votre vie. Seule la vérité pourra vous délivrer de vos nombreuses chaînes…

Il jeta une poudre sur le feu pour le mettre plus en colère. Celui-ci ne se fit guère prier. Il rugit de toutes ses forces jusqu'à déchirer les recoins du pays.

— Merci maître pour la parole. Je m'appelle Natacha Esther Bilola.

— À Natacha Esther Bilola, disaient-ils en chœur comme guidé par un esprit.

Elle toussa un instant, racla par la même occasion la gorge, avant d'articuler :

— Il était une fois.

— Deux fois. Rétorquaient les autres.

— Voici l'histoire de ma vie, elle commence depuis les confins de la terre.

— Ôkà ! Lançait le maître.

Un jour quand ma fortune allait de plus en plus mal, je me décidais alors de rompre avec cette vie de misère et d'agir comme les autres filles de mon âge ; celles-là même qui n'avaient rien à envier à qui que ce soit dans cette immensité de tristesse et de pauvreté. Je regardais l'heure qu'il faisait, et le langage de la montre m'indiquait : le zénith.

Alors, j'appelais une amie :

— Allô Angélus, beau jour.

— Oui allô, ah beau jour Esté ! Tu te portes bien ? Retorquait-elle.

— Oui, je me porte exponentiellement bien plus que des charmes.

— Ah oui ! Sérieusement ?

— Oui !

— Alors, explique-moi s'il te plaît. Toi qui régulièrement as des problèmes, tandis qu'aujourd'hui confie surtout, se porter bien plus que des charmes ! Assez étonnant, non ? Allez, explique-moi maman ! Alors ?

— Rien de si spécial. Je voudrais simplement suivre.

— Suivre ? Com… Com… Comment ça, suivre ?

— Oui, suivre désormais tes conseils. Mais je ne sais par où, et comment commencer.

— Ahhh, d'accord ! Ce suivre-là ! Mais dis-moi, quelle mouche t'a piquée ? Depuis longtemps, mes conseils allaient dans ce sens, mais sans écho favorable. Ceux-ci tombaient toujours dans l'eau jusqu'à aujourd'hui. Es-tu malade ? Une montée de fièvre par exemple ? Un chien t'a mordue ? T'es-tu déjà rendue à l'hôpital ? Je ne sais pas moi… Dis-moi !

— Mais nooon, voyons ! Qu'est-ce que tu m'inventes-là. Sois tranquille ! Aucune mouche ne m'a piquée et mieux encore, je suis dans mes pleins moments de santé sois en certaine. C'est juste une exaspération, un dégoût suprême de la vie, de cette vie de chienne, la vie et demie. Toute une ribambelle de problèmes. Toute une suite de galères dans ma vie. Il est temps de dire non ! Ça suffit comme ça ! Je n'ai plus envie que le manque me conduise sur le chemin qui mène vers… vers la désolation, la pitié des personnes nanties, bien fournies par les grimaces de la vie. Des personnes qui te donnent de la main gauche pour récupérer assez de l'autre. Assez des personnes qui t'offrent quelque chose aujourd'hui parce que demain, elles attendent mieux de toi. C'en est assez ! Oui ! J'en ai bien plus que marre d'être toujours la souris dans ce jeu. Je ne veux plus être la reine sacrifiée dans ce maudit jeu d'échecs pour que le roi se fasse le butin sans avoir à me donner ma part. Je ne veux plus passer inaperçue. Je veux être belle. Je veux être remarquée. Je veux vivre fière de moi… Fière de passer quelque part et d'en faire des envieuses. Je veux être comme vous, des femmes fortes, puissantes, belles et libres.

— Bravo pour ta résolution. Tu sais que nous sommes là et le serons toujours pour toi. Mais ne t'imagines tout de même pas que tout est facile à saisir. Il faut cultiver la chose et accuser d'une grande patience comme un individu patiente la première production de son arbre fruitier. Ça se plante en saison sèche ou celle pluvieuse, s'arrose, s'entretient ! C'est seulement après autant de travail, ce dur labeur qu'on peut espérer un jour jouir des fruits de ses efforts quotidiens.

Sache que, le beau temps ne précède jamais la pluie. Enfin, tu devrais déjà le savoir. Non ?

— Je sais très bien tout cela. Voici pourquoi je viens vers toi. Toi ma grande sœur du cœur. Les filles et toi êtes tout pour moi. Vous êtes mes amies, mes sœurs et surtout, mes confidentes. Vous connaissez ma vie comme la vôtre. Je dirais même, si je ne m'abuse, bien mieux que la vôtre. Ma vie est un livre ouvert pour vous. Un livre dont vous avez dégusté de milliers de fois. Sincèrement, je ne sais, sinon ne savais vraiment pas vers qui d'autre me tourner.

— Bon, nous t'attendrons à la maison. Viens vers seize heures afin que nous sortions ensemble ce soir. Il est important que tu sache que nous devons te briefer avant.

— Sans problèmes.

Alors, je m'apprêtais pour ensuite attendre l'heure indiquée avec la plus grande impatience. Je n'avais de cesse de regarder la montre qui, dans une danse lente, se faisait désirer. Elle se faisait convoiter comme une femme ayant conscience de sa beauté. Ahhh ! Le temps marchait d'un pas lent et léger. Il me semblait même, à certains moments, qu'il s'arrêter en cachant ses intentions.

Sa démarche, à d'autres moments, laissait entrevoir les marques d'un enfant pourri, gâté et arrogant. Oui ! Arrogant comme le sexe robuste d'une jeune fille vierge.

Je m'énervais seule contre le temps. Que faire ? Faire, un verbe bien particulier. Quand je pense à ce verbe, c'est un autre mot que je vois mieux. Action. Le

Petit Robert pouvait nous dire que le mot « Action » signifiait : « Ce que fait quelqu'un et ce par quoi il réalise une intention ou une impulsion. » Magnifique. Dès lors, fallait-il déclencher le processus ? Était-ce le moment de mettre l'action en marche ? Devrais-je commencer à marcher au lieu d'emprunter un taxi pour ne plus avoir à compter le nombre de tours des aiguilles de la montre ? Autant de questions me martyrisaient le cœur. Les réponses avaient pris la poudre d'escampette. Je m'efforçais dans cet exercice, mais rien n'arrivait à sortir. Moïse notre aïeul nous a bien attribué la marche par voie de succession. Pourquoi ne pas en faire bon usage. Le son de ma montre montait dans ma tête. Et, cela m'énervait encore plus. Alors, je rappelais à nouveau, le groupe pour demander leur situation géographique.

— Allô ! Angélus.

— Oui ! Esté. disait-elle un peu froidement.

— Je me demandais si vous étiez déjà à la maison. Parce que depuis notre dernière conversation, mon cœur palpite.

— Wooh ! Comment ça ton cœur palpite ? Doucement maman ! Ne meurs pas oh !

— Sincèrement, je ressens comme une impatience en moi et je n'arrive pas à contrôler ce sentiment.

— Bien, je vois. Mais tranquillise-toi ! Passe dans une demi-heure ! C'est le temps nécessaire pour nous de rentrer. D'accord ?

— D'accord !

Mon cœur augmentait encore de rythme. Les battements de celui-ci me procuraient un mal de chien inhabituel. Avant l'heure, ce n'était pas l'heure. Après l'heure non plus. Mais, il était souhaitable d'arriver avant et d'attendre l'heure sur place. Parce que, après, ce ne serait plus possible. Avant, ça pourrait se jouer facilement. La route me tendait ses larges bras.

— Taxi?...

— Oui.

Et hop, dans le taxi pour chez elles. À peine à l'intérieur que le taximan augmentait le volume de sa radio. Et là, dans le ventre de cet appareil, Dadju faisait ses merveilles avec son titre « Donne-moi une seconde chance ». Je mimais en même temps que l'appareil offrait le son à gorge déployée. Le ventre de l'enceinte acoustique, devant moi, laissait entrevoir une respiration forcée et saccadée. Certaines fois, la respiration était très rapide et forte, et d'autres fois, elle paraissait plus lente :

> *Je n'ai pas toujours fait ce qu'il faut.*
> *J'ai promis des choses,*
> *Mais les actes ne suivent pas les mots*
> *— il faut m'excuser — ...*
> *Tout soustraire et repartir à zéro.*
> *Ne me laisse pas devenir l'homme,*
> *Qui n'affronte pas ses défauts*
> *— et je vais tout assumer — ...*
> *Si l'histoire ne te plaît pas,*
> *On va changer de livre !*

Oui, désormais il faudra tout assumer. Changer de livre si celui sur lequel tu es est incompatible avec ta vie. Si ton livre ne correspond pas à la vie que tu espères mener, change de livre, sinon, écris-le toi-même. Deviens l'extraordinaire héros de l'histoire de la vie, de ton histoire. Sois l'auteur-acteur. Il faut changer le cours des événements. C'est important d'écrire soi-même son histoire pour au moins avoir l'illusion d'échapper à la fatalité du destin. Il faut en effet croire, tenir obstinément, et ce, même après confirmation de l'illusion. Penser qu'on a participé à la création de ladite illusion plutôt que de déclarer avoir été la victime.

Se dire avoir été le maître d'œuvre. Ressentir en soi l'impression d'avoir organisé l'aventure de sa propre vie. Oui ! C'est vraiment important d'écrire soi-même son histoire. Sa propre histoire. Le monde est surpeuplé de choses nocturnes. Quand l'homme travaille le jour, la chauve-souris, elle, courbe ses yeux dans un sommeil malicieux ; mais quand de nuit, l'homme embrasse sa couverture, la chauve-souris rôde autour des maisons comme une chasseuse à la recherche des primes. Elle est là, elle vous guette. Prête à bondir sur vous — comme un tigre — lorsque l'occasion se présente. Du coup, il me semblait bien que le monde eût besoin de moi. Il avait besoin que je sois actrice et non spectatrice de ma vie. Je me devais de réécrire celle-ci. Seule ? Pas évident.

Solitude ? Solitaire ? De la même manière, je comprenais que seule, je ne pourrais connaître le moindre décollage excepté le surplace qui me contrastait, me constipait l'existence et semblait caractériser mon œuvre. Alors, la solitude me pesait ; elle me revenait dans une sorte de furie qui me torturait et me poussait je ne sais vers quel endroit. Je m'interrogeais à nouveau sur ma condition, mon existence dans ce monde. Les réponses avaient subi une escapade mortelle. Je m'efforçais une fois encore dans cet exercice difficile. Réflexion vide et rien à l'horizon. Tout y était. Seulement, tout disparaissait dans un horizon, un horizon nouveau dont je n'avais aucun accès.

Problème ? Aucun défilement dans ma tête. La recette avait longtemps disparu. Plus d'imagination. Plus de réflexion. Zéro créativité et désert intellectuel. Plus rien. Non, pas plus rien. Est-ce qu'il y avait d'abord quelque chose ? Pas sûre, sinon plus d'incertitude. Enfin, je ne savais pas. Tout était flou, un vide plat et creux à la fois. Tout était maintenant désordonné dans ma tête.

Renverser ? Oui ! Tout était basculement. Le néant était rapidement passé maître en la matière. Il avait également des diplômes en films nocturnes, sans oublier en tourment de vie. Tout de même, c'était à croire que ce rien influençait, coordonnait et dominait toute ma destinée. Ce rien définissait mon moi intime. Pire, il était ma seule et unique vérité. Il était devenu ma modalité originelle : ma condition humaine. Sacrilège ! Opacité existentielle. Toute ma vie, toute mon existence n'était que sacrilège. Un sacrifice perpétuel sans conséquences favorables. Vie merdique.

Rire ? J'éclatais intérieurement de rire. Ma conscience était triste. Elle pleurait pendant que la joie étranglait cette folie folle. La folie riait. Elle, grande charmeuse maudite. Putain. La putain de vie ! Oui ! Elle riait à gorge déployée. Elle riait à rompre les mâchoires et à éclater le ventre. Oui, elle riait encore et encore. Éternellement, son rire acculait mon cerveau à la mer. Son fou rire m'entraînait à la dérive.

***Folie !***
***Folie meurtrière !***
***Folie vicieuse !***
***Folie impitoyable !***
***Folie industrielle !***
***Folie infectieuse !***
***Folie insoutenable !***

Délire ? La vie était faite de folie. Elle était en elle-même une folie. Tout était folie. Un n'zassa de folie, délire absolu. Et finalement, le risque de folie était grand. Si grand que le charme du risque fût attrayant jusqu'à atteinte du niveau qu'on ne put guère lui résister. Une vie emmurée par la sorcellerie de la folie, de sorte que contre elle, la voix ; l'expression ; la pensée ; le bonheur et la joie ; le malheur et la tristesse ; le rire ; le pleur ; la paix ; la guerre ; la douleur ; la richesse ; la terre ; l'air ; l'eau ; le feu ; la respiration ; le regard et la vie… absolument rien ne pouvait être envisagé. Oser résister, c'était faire sentir au corps les douleurs les plus insoutenables. Un des châtiments propres des enfers.

Le chauffeur augmentait sa vitesse, il passa la deuxième puis, la troisième en remixant le titre comme si, après celui-ci, il n'existait plus rien. On se rapprochait de plus en plus et, le constatant, mon cœur qui s'était calmé reprit son excitation.

Le véhicule stationna à l'endroit indiqué et me

voici descendu. Quelques couloirs et, j'étais chez elles. À peine arrivée, qu'elles aussi se présentaient. «Les Folles Furieuses» en action. Les salutations réchauffaient le moment, l'espace et le temps. Un vent frais arrivait, et balayait le précédent. Angélus, Marina et Sandra formaient le trio parfait. Le groupe choc des trois comme les «Trois Fâchés du Congo». Ah, un dessin animé dont j'aimais bien regarder chez les voisins pendant ma douce enfance ! Mon cœur se calma soudainement, et des souvenirs jaillirent subitement. Ces moments qui défilaient dans ma tête m'arrachaient un sourire particulier.

Ahhh, les belles choses! Comme l'enfance passe trop vite! L'innocence. L'insouciance. On n'a pas besoin de grand-chose pour être content, ou mieux encore, pour bien vivre heureux. On ne fait rien d'autre que jouer, s'amuser pendant toute la journée. On ne rentre que pour manger ce que quelqu'un a déjà apprêté pour nous. Quelqu'un d'autre que nous pense, se tourne les méninges pour notre bien-être. Magnifique! On n'achète rien. On a toute la vie devant nous. Enfin, aucune préoccupation autre que le jeu. Un cœur sain. La Bible le déclare en plus.

La vieillesse ? La vieillesse, c'est un pas de plus en plus vif vers sa propre mort. Plus on vieillit, plus notre rivière de la vie se vide. Elle tarit. Triste parcours! Triste existence! Mais on n'y peut rien. L'humain pourra tout faire, prendre telle chose et ajouter telle autre potion, il mourra forcément un jour. C'est inévitable.

# Livre 2

Bouèdibu totu dia béva, botsu dia vighuku.

Mieux vaut terre gâtée que terre perdue.

Proverbe Ghévové

***************

## Angélus
### Ashley Cyrielle

Angélus alias Ashley Cyrielle avait vingt-huit ans, la plus grande de toutes les trois. Elle était non seulement la plus forte, mais aussi, la plus folle. Une allumeuse et plumeuse de premier rang. Petit, jeune, grand, homme et vieux. Tout y passait avec elle. Il suffirait au malheureux d'être sur son chemin et le voilà déplumé, voire, rôti. Fait comme un rat de désert.

Pas trop belle. C'était-là son seul défaut. Mais ses formes envoutantes compensaient l'absence de beauté et laissaient sans voix toute personne voulant la regarder de dos. D'ailleurs, ses formes bien arrondies, onduleuses, magnifique guitare Italienne et régulièrement *épanouies*, comme Saartjie Baartman, lui avaient valu l'appellation : **El Cuerpo Del Deseo** ou **Le Corps Du Désir.**

Il paraît qu'elle était jadis en couple avec un certain Paulin Ngèba, un homme bien plein aux as qu'elle avait façonné et manipulé à sa guise. On allait jusqu'à dire que le pauvre monsieur n'avait rien à dire même en présence de sa famille. Un simple regard d'elle suffisait pour rendre celui-ci muet durant toute une journée.

Puis un jour, elle eut vent d'une pseudo relation qu'entretenait ce dernier avec une certaine Aimée et dans laquelle lui, monsieur son mari, était épanoui. D'après les rumeurs, dans celle-ci, il se sentait aimer et surtout se constatait vrai homme. Le prénom de la dame en lui seul disait long. Le respect et la complicité y existaient.

Son ami Christopher Tam Nguini, en échange de quelques bouteilles de la Nationale et d'un demi-paquet de cigarettes Light, balançait tout à qui voulait bien l'entendre. Un véritable Juda en puissance. Un taré, une vraie passoire…

Des voix sans identités soutiennent qu'il y a plusieurs années, la femme de Christopher avait été violée alors qu'elle attendait un enfant pendant son huitième mois. De ce fait, blessée profondément par cet acte d'une barbarie sans nom, elle décidait alors de se suicider. Dans une lettre, elle le supplia de lui pardonner pour cet acte qui pourrait détruire sa condition existentielle.

Parce qu'il fallait punir quelqu'un, la police arrêta, par adversité, un paysan et l'exécuta quelques jours plus tard. Avant la sentence finale, sachant que le paysan était innocent, la famille du présumé et le mari de la défunte allèrent jusqu'à supplier la police afin qu'elle libère le pauvre détenu. Cet acte de bravoure aggrava cependant le problème. On le taxa même de complice dans l'assassinat de son épouse et elle le menaça de courir une peine de prison si ce dernier insistait. Et à la famille, elle avait été ordonnée de libérer les lieux illico presto de peur de découvrir ce que le chien avait vu à Nzeng Ayong. Donc, Tam Nguini se lança dans une enquête personnelle pour déterminer le véritable coupable.

Après investigation, deux des fils de l'aristocratie étaient coupables, mais lors de la découverte des véritables criminels, ils étaient déjà devenus des ministres. Il ne pouvait plus rien faire puisqu'ils jouissaient désormais de l'immunité ministérielle. Ainsi, pendant que le peuple souffrait sans défense, ceux qui détenaient le pouvoir s'engraissaient et surtout les poussaient à mourir à petit feu. Mais : *Celui qui tue sera lui aussi condamné dans l'engrenage de la mort*, dit-on.

Ayant pour cause du grand choc reçu, il perdit d'abord la mémoire, ensuite quelque temps plus tard, elle lui revint. Enfin, il décida de devenir la tapette de maintenant.

C'est ainsi qu'elle fut informée et entra dans une terrible colère. Plus tard, on retrouvait le corps sans vie du monsieur traînant sur la route des véhicules ferroviaires. Aimée fut arrêtée et conduite directement aux arrêts. Elle fit un mois : « un crime passionnel » avait conclu la police aux antennes de plusieurs chaînes de télévision, mais qui, faute de preuves lourdes libera la dame.

Pendant ce temps, madame déambulait avec l'argent de ce dernier, car elle seule savait les enfermes.

Les biens immédiats furent tous saisis par la famille qui voyait en elle la canaille. Puis, plus rien, le dossier était désormais classé, bien clos. Tam Nguini quant à lui, fut trouvé mort dans un caniveau puant le vin fort à des kilomètres à la ronde. Conclusion : il avait sombré dans l'alcool. Très belle preuve pour également classer l'affaire. Pour eux quoi ? La peau d'un mackaya est moins couteuse que celle d'un djadji, un nkunkuma, un djime.

Plusieurs mois après, elle changea de ville. Très vite, elle rencontra un homme dont la condition de vie faisait des envieux. Elle sortit le grand jeu. Ils firent ensemble, des choses dont Patrick ne pouvait imaginer en amour. Elle le tourmenta. Le pauvre, croyant vivre un amour parfait et réciproque, livra tous ses secrets et codes à la demoiselle. Mombo était un manager, le manager d'une Miss. Elle agissait bien dans l'obscurité. Le sachant maintenant fragile et soumis, elle l'encouragea à vider les coffres de la Miss et de prendre la tangente après. Ce qui fut fait.

Puis, pour camoufler sa complicité audit vol, elle décida alors de le faire assassiner. Elle et trois de ses acolytes débarquèrent dans la chambre qu'ils louaient et vlan, les complices de Cyrielle passèrent à tabac sur lui. Ils lui firent face tout en lui ordonnant de regarder les armes qu'ils avaient aux mains. Alors, ils les lui pointèrent. Impuissant, car déjà sous effet de la drogue préparée par les bons soins de cette dernière, ses yeux criaient à la pitié. Seulement, les leurs ne se gênèrent pas de se priver soudainement de raison en contemplant les bienfaits de la folie.

Au menu, plus d'une cinquantaine de coups de

couteau. La meilleure est que, c'était non seulement elle-même qui apportait et nettoyait ensuite les accessoires du crime, mais aussi qui lui asséna le coup de grâce. La vie est parfois très mauvaise. Pour avoir volé une boîte de sardines, tu recevras une peine de plus d'un an que tu purgeras entièrement jusqu'à la dernière minute. Et pire, l'on trouvera des subterfuges afin de retarder ta libération quand tu n'as pas de parents ayant un « nom » là-bas. Pour eux, tu es et resteras un criminel dont la liberté menacerait la quiétude de la nation entière.

Cependant, le séjour dans les geôles de l'univers carcéral n'est pas permis aux véritables criminels, voire aux criminels de la république. À cause du fameux « nom », ils étaient rapidement innocentés. Au mieux, ils n'étaient même pas cités dans un tribunal, demeurant ainsi dans l'absolu anonymat et une réelle imperturbabilité au détriment des faux criminels à qui ils criaient toute leur colère.

La police judiciaire fut mise en alerte. Quelque temps plus tard, la course poursuite produisit quelques fruits. Elle rattrapa ainsi les quatre individus. Ceux-ci furent directement conduits devant le parquet où, ils allaient purger cinq ans de prison ferme et une forte amende de trois cent millions au terme du procès. Mais peu de temps après, un journal de la place, *LE NGANGA !* livrait ce qui suit à sa page 5 :

## LE NGANGA !

**LE NGANGA !**

Bulletin journalier d'information.
Directrice de publication :
Kassa Efrilvie.
contact : 010203040506/062138691
e-mail : mudumumbulae@gmail.com

### Est-ce de la délinquance judiciaire ?

Incarcérée à la prison centrale de Libreville pour meurtre de son défunt petit ami, la très célèbre dénommée Ashley Cyrielle serait désormais la propriété privée d'un haut magistrat au tribunal de Libreville qui aurait succombé aux charmes de la jeune fille. Aucune précision cependant si cette relation était entretenue avant ou après le meurtre de son défunt petit ami, mais nous savons tout de même que c'est à ce copain de magistrat qu'elle aurait envoyé des messages depuis sa cellule, afin de lui relater le calvaire qu'elle vit en prison, selon elle : " Elle serait sans cesse torturée par les gardiens et gardiennes de prison nuit et jour. "

C'est ainsi que ce magistrat va peser de tout son poids pour chercher à ce que les tortionnaires de sa petite sirène Cyrielle soient sanctionnés avec la dernière énergie.

Ainsi, une plainte aurait été déposée par ce haut magistrat avec la complicité de ses collègues contre les gardiens et gardiennes de prison qui torturent sa princesse.

Du petit soldat au haut gradé donc jusqu'aux capitaines de la sécurité pénitentiaire en service à la prison centrale de Libreville, hommes et femmes, tout le monde est actuellement entendu par le B2.

Depuis lundi dernier, ces agents de la sécurité pénitentiaire, gardiens et gardiennes de prison passent tour à tour au B2, chaque jour, transportés par le bus de la sécurité pénitentiaire pour être auditionnés sur cette affaire.

(Affaire à suivre).

E- K La Messagère
P. 5

D'après ce que l'on disait de cette histoire, après plusieurs mois de prison et sans même purger entièrement, ni même le quart de sa peine, la belle et grande et dame se voyait mise en liberté définitive ; sans même y passer par la conditionnelle. Et puis, comme il fallait des boucs émissaires dans cette affaire, la police incarcéra plusieurs personnes à sa place. Les vrais-faux coupables du crime. Celle-ci, aux ordres du magistrat, allant jusqu'à prouver, devant des journalistes venus nombreux obtenir la primeur de l'information, que Cyrielle n'avait aucun lien ni avec le défunt ni avec les trois individus avec qui, elle était arrivée en prison. *Elle n'avait été prise que par inadvertance. Une personne si jeune, innocente, qui plus est belle n'était ce jour-là qu'au mauvais moment et au mauvais endroit. Madémoiselle Ashley Cyrielle est si fragile et si douce. Et cela est bien connu de tout le monde ici qu'une personne ayant ces différents traits de caractère ne serait capable ni coupable de quoi que ce soit. D'ailleurs je vous le dis les yeux dans les yeux, trois doigts au ciel, hum, des scientifiques les plus virulents de ce monde l'attestent bien et plusieurs articles le décrivent avec des précisions à couper le souffle. Alors, elle doit corriger cette grave erreur qui porte atteinte à la liberté d'un individu. Mesdames et messieurs, il est bien évidemment question ici de cette charmante démoiselle apeurée et qui, surtout appelle à l'aide de toutes ses petites forces. La justice est très favorable à rendre justice...* Son casier judiciaire fut revu et nettoyé. Affaire encore classée. Pour elle, tout était bien, qui finissait bien. Et toc !

On allait jusqu'à dire que, peu de temps après sa mise en liberté, le magistrat en question avait également failli y passer. En préparation pour un voyage d'affaires à l'étranger, cette dernière organisa un gigantesque guet-apens à celui-ci. Avec lui, il avait la coquette somme de neuf cents millions. La rumeur disait que personne ne savait comment le magistrat avait fait pour se tirer d'affaire. Ahhh, quel chanceux ce gars-là !

La cerise sur le gâteau était que, notre officier de justice ne pouvait guère porter plainte contre la personne sur qui, il a pesé de tout son poids pour l'innocenter. Comment comprendre alors ce rétropédalage ? Il était donc condamné à ne rien faire. Alors, pris dans son propre piège comme un débutant, il jura vengeance. C'était peut-être fort de tout ceci qu'elle ne tuât plus, de peur de passer non seulement par ce magistrat, mais aussi par tous ceux qui étaient en colère contre elle, ajoutaient les rumeurs. Oui, la vie est une sale chipie !

## Marina

Marina vingt-quatre ans, elle était belle comme la fille de Lucifer. Une beauté débordante, stupéfiante… Un corps svelte donc taillé à la machine de Dieu. Elle avoisinait les un mètre quatre-vingt-sept. Mannequin de haut niveau.

Cependant, pendant une séance d'entrainement, elle se fractura la jambe et le bras. Sa carrière prit une autre manche, celle que vous pouvez humblement imaginer. Son homme la quitta en même temps, sachant qu'elle n'allait plus servir. C'était un opportuniste, un gigolo ce Brice Tamni (elle cracha). Pour lui, tant qu'elle pouvait apporter des fonds, tout allait bien. Mais maintenant, elle ne servait plus à rien. La chute à vue d'œil avait complètement cassé son pied. Il lui faudrait assez de temps pour récupérer. Et le temps ; il n'en avait pas le salaud. Donc, il était dorénavant temps pour lui de partir. Il tourna son dos sans même jeter un simple regard derrière (elle cracha une fois encore).

Tout le monde, comme d'une magie, sortit sans faire attention à elle clouée au sol. Elle criait, pleurait, implorait de l'aide, mais c'était sans appel. Elle perdait du sang. La douleur petit à petit se faisait silence. Elle pensa à la mort. Elle voyait la mort. Puis, des souvenirs heureux venaient investir sa mémoire. Elle arrêta de pleurer. Prit conscience de la situation et refusa le moment.

Alors, elle jaugea la puissance de ses membres supérieurs. La douleur refit surface. Elle comprit qu'elle était encore vivante. Elle pompa une fois, deux fois, trois fois. La douleur monta de plus en plus. Elle poussa un cri pour la contenir. Puis, essaya de se relever, mais trop faible pour cela. Et en plus, baignant dans son propre sang, elle pourrait refaire une autre chute et cela pourrait être plus catastrophique que maintenant. Elle opta alors pour aller à quatre pattes. Là aussi, avec la jambe gauche cassée, cela lui paraissait impossible. Elle décida de tirer son corps par le côté. Les mouvements se faisaient par à-coups. Elle pleurait maintenant en silence tout en se glissant par intermittence. Soudainement, la douleur se fut intermission, mais elle garda le cap. Une seule mission : regagner malgré tout le dehors et si possible, arrêter un taxi. Sinon, aller ainsi jusqu'à la structure sanitaire la plus proche.

Elle esquiva quelques tables et chaises pour enfin affronter les marches d'escalier. Elle escaladait celles-ci avec toutes les difficultés possibles, car après autant d'efforts, ses petits bras présentaient déjà les symptômes de la fatigue pendant que la douleur, elle, revenait. Les os se fractionnaient après chaque effort supplémentaire. Le sang giclait de partout. Parfois, elle se retournait pour voir le chemin parcouru. Là, elle apercevait une marée rougeâtre dont l'un des filets arrivait jusqu'à elle.

Elle s'autorisa alors une petite pause. Quand elle retrouva l'énergie nécessaire, elle reprit sa course.

La dernière marche en sortant était la plus complexe puisque, elle contenait plusieurs fantaisies. Ce qui ne lui facilitait pas les choses. Elle doubla d'efforts. C'est au cours de ceux-ci qu'elle sentit cette fois le craquement des os de son pied. « Fatalité ! Mais ce n'est pas pour autant que je vais abandonner. Il est mieux de sortir infirme d'ici que de sagement accepter la mort » se disait-elle intérieurement. C'est après ces mots qu'elle perdit connaissance. Lors de son réveil, elle était déjà à l'hôpital.

Selon le docteur : « Elle avait perdu la plus grande partie de son sang. Si elle avait mis encore plus de trente minutes là-bas, la mort se serait emparée d'elle. » Il ajouta que « Son opération avait duré vingt-quatre heures et effectuée par quatre équipes de six heures. Il fallait d'abord que la première équipe lui donne le sang. Ensuite, la deuxième était chargée de nettoyer la plaie sur sa tête. Elle avait sûrement cogné le côté de la piste au cours de la chute. Elle était profonde, mais, heureusement pour elle, pas mortelle. L'équipe déploya toute son énergie pour éloigner le danger d'elle partant de la tête. Puis, la troisième équipe quant à elle, s'occupa de retirer tous les morceaux d'os de son pied gauche et vérifier son bras qui par miracle avait retrouvé sa position initiale. Elle les soustrayait l'un après l'autre jusqu'au dernier avec la plus grande habileté. C'était un travail de fond. Il ne fallait pas oublier un seul morceau. Elle remplaça ceux-ci par des fers et des os construits. Ceux-ci permettraient avec beaucoup de chance qu'elle retrouve l'usage de son pied parce que, elle était déjà proche de l'âge pendant lequel certains éléments du corps et les os en particulier ne grandissent plus. Enfin, la dernière cousait les ouvertures, procédait au traitement de l'acidité gastrique par une substance basique et tous les autres pansements nécessaires », concluait-il.

Pendant tout son séjour à l'hôpital Mwaya, aucun de ses amis mannequins n'était venu lui rendre une petite visite. Ni leur manager et tout le staff. Ni un chat. Pas même un chien ou encore une poule. Sinon, un simple appel comme elle l'avait espéré. Toc ! Et merde !

Que voulez-vous ? Comprenez que la vie nous fait parfois connaître des moments des plus sauvages. Plus sauvages qu'un tigre blessé et affamé. Oui, elle a connu des vertes et des pas mûres.

La vie est vraiment arrogante et malodorante par coup. Il y a de quoi se révolter contre le monde. Tout le monde. Il est possible d'éprouver tant de haine qu'il n'est plus envisageable de la sentir tel un poisson ignorant qu'il est dans l'eau. Quand la vie vous prend pour un bac à ordures de la société Sovog, puant comme une tombe, il y a là vraiment de quoi se rebeller contre elle. Dès lors, il va sans dire que la voie fut tracée par un autre que vous. Un individu plus fort ou peut-être pas. Sinon, par votre ennemi, vous faisant passer pour l'assassin de votre propre existence, votre vie. Sans oublier les amis qui préfèrent croire à cette insulte de vous. Ainsi, pourquoi vouloir se justifier de la vie quand bien même personne ne vous aurait écouté. Comme la vie peut dès fois paraître un modèle d'ingéniosité de violence et changer à volonté de visages. Il faut alors ouvrir grand les yeux, parce que « les yeux sont une fenêtre ouverte sur l'âme ».

Le monde est fou et ainsi, vivons de folie. Mangeons folie. Dormons folie. Marchons folie. Pleurons folie. Réclamons folie. Couchons folie. Dansons folie. Grouvons folie. Travaillons folie. Buvons folie. Marions-nous à la folie. Accouchons folie. Un bain de folie. Un soleil de folie. Une pluie de folie. Folie à jamais. La folie est belle. Lorsque la beauté est signe d'intelligence, c'est une bénédiction. Mais quand celle-ci est signe d'aliénation, c'est une aversion.

Heureusement pour elle, j'étais hospitalisée dans la chambre d'à côté. De fait, quand mes amis arrivaient, ils passaient par devant sa chambre qui chaque fois aux heures de visites était déserte.

Cette situation attira leur attention et ceux-ci ne manquèrent pas de me le signaler. Recouvrant plus rapidement la santé qu'elle, les autres et moi lui faisions une visite surprise. Grande fut sa joie. Elle alla jusqu'à fondre en larmes. Après être complètement calmée, elle nous expliqua sa mésaventure. Tous après cette histoire, transformions la salle en une rivière de larme allant jusqu'à créer une mer en furie. Il était plus qu'évident dès ce moment précis qu'un petit cours d'eau pouvait devenir un torrent.

Nos corps se libéraient petit à petit de toutes leurs réserves de ce liquide jusqu'à ne plus en avoir même en forçant. Liquide torréfié. Larmes asséchées. Nous nous regardions désormais vider de cette substance compatissante. Les yeux ne parlaient plus de langage liquide. On ne pouvait plus lire dans ceux-ci que le questionnement intérieur faisant hic et nunc un habitus.

Les yeux des hiboux devenaient les nôtres. Et la

flamme de l'amitié s'installait. Nous ne pleurions plus. Nos larmes séchées faisaient place aux dialogues. Nous racontions. Nous papotions. Nous échangions des moments de vie heureux ou tristes. C'est selon. Il fallait en tout cas que nous parlions.

L'acte posé attira la sympathie de tout l'hôpital. Le service traitant nous encourageait dans notre action. La détermination et la passion ne faisaient plus qu'un. Elle prenait du poil de la bête chaque jour un peu plus. Elle reprenait et reconsidérait désormais le sourire au grand soulagement des médecins. La vie reprenait du sens et surtout, continuait sa course poursuite.

Depuis lors, je passais plus de temps dans sa chambre que dans la mienne, tirant et traînant mes perfusions. Mes amies aussi furent désormais siennes.

## Sandra

Sandra, vingt-deux ans à peine, était la plus petite. Sa beauté était au-dessus de toutes les autres. Élancée, un mètre quatre-vingts. Fine comme une sirène. Mamiwata en personne et en puissance. Cheveux naturels allant jusqu'aux genoux. Sa beauté, partout et ailleurs, créait des engagements brusques et des conflits.

Elle avait été tour à tour élue aux élections Miss Jeunes Africaines de moins de vingt et un ans : deuxième dauphine en deux mille dix, première dauphine en deux mille douze et Miss Jeunes Africaines en deux mille quatorze. Connue du monde des médias et bien plus encore, elle ne pouvait plus passer inaperçue. Mais la nuit, chacun passe maître des ténèbres. Dans cet appel nocturne, on devient ni oiseau, ni animal et ni humain.

En deux mille quinze, un an après qu'elle soit devenue Miss Jeunes Africaines, son manager vida les comptes et s'esquiva. Tous les biens acquis par celle-ci furent saisis du fait des trop grandes dettes de Patrick Mombo, son manager. Elle paya le lourd tribut et beau jour la misère avec ses acolytes. Retour à la case de départ.

Après ce gros coup, les actionnaires de cette élection se retirèrent et celle-ci à son tour alla se greffer dans les méandres de l'amnésie.

Bêtise ? Oui ! Bêtise humaine. La folie humaine fait des hommes des personnes sottes du dimanche. Des personnes chrétiennes sans foi. Dieu, de ce fait, s'était éloigné des cœurs de plusieurs. La Bible déclare que « Le corps de l'homme est le temple du Seigneur, sa demeure ». Mais il porte à croire que, en le disant, il avait fait fi de l'aliénation humaine. Le caractère burlesque de l'homme lui imposait de suivre le mauvais chemin.

Partant de ça, Sandra pendant ses moments de gloire oublia la famille. Elle devint arrogante comme jamais doublé d'une impolitesse sans précédent. L'argent rendait et rend arrogant. L'autisme. Il manifeste une insolence méprisante. Manifeste et renversante.

Elle n'aidait personne. Sa réussite, elle ne la devait à personne, même pas à ses parents qui entretenaient son charme et autre depuis sa naissance, sinon Dieu qui mit en elle le monopole de la beauté. Pour elle, c'était le fruit de son travail et de sa beauté. Une beauté travaillée dure et longtemps pour arriver à cet ordre de grandeur. Par qui ? Par elle seule. Elle ne devait donc rien à personne. C'est du revers de la main qu'elle balaya tout le monde de sa réussite. Oubliant qu'« on ne nourrit pas le chameau par le revers de la petite cuillère ». Rire. « Les urines sortent toujours entre les jambes », disait un proverbe africain. Que chacun comprenne. J'étais aussi maître de mes mots que vous, de votre compréhension.

Les phrases — d'un texte — lues quelque part sonnaient dans ma tête comme une petite cloche.

Sourire. Le titre et l'auteur avaient disparu de ma mémoire. Mais, celles-ci étaient bien présentes en moi :

« Si un jour tu as cru avoir accompli l'acte, l'acte ultime, n'en fais pas un savoir ni une foire, sois fière sans être gueux. Car la terre pourra s'arrêter ivre. Et elle aura besoin de toi pour la faire encore et toujours vivre. »

Quant à moi, je n'étais personne. Je n'étais rien. Sinon, une simple poussière jetée dans un océan. Un rien parmi les riens. Je n'avais pas de personnalité. Je n'avais pas de vie. Je n'existais pas. Sinon, presque pas. Presque plus j'allais dire.

Exister ? Je voulais exister. Avoir une vie. Je voulais vivre. Vivre. Sortir ma vie enserrée de la folie. Dégager ma vie des liens qui l'emprisonnaient depuis ma naissance. Ne faisant de moi rien. Un rien. Personne.

Ma vie. Elle était ensemencée de piques pourrissants celle-ci jusqu'à atteindre mon être. Mon esprit. Mon âme. Je n'étais pas belle. Je n'avais pas de visage. Pas de taille. Pas de forme. Pas de style. Je vivais sans exister. Enfin, je crois. Je le croyais fermement. Ma vie n'était que spectacles tragiques pouvant faire plusieurs films. Une vie sans aucune substance, un verre cassé sans plus aucun espoir.

À dire vrai, j'étais issue d'une famille problématique et dans des circonstances baroques. Ma mère, était promise à un homme riche qu'elle n'aimait pas et avec qui, elle eut trois enfants, trois filles. Mes trois grandes sœurs. Patricia l'aînée, suivie de Dana et de Gaëlle la cadette.

En revanche, elle en aimait un autre, pauvre,

mais d'un amour vrai et pur. Elle l'aimait à la folie. Son amour de jeunesse et de toujours. Celui dont, les promesses de jouvence faisaient battre son cœur comme jamais. Oui ! Juste au prononcé de son nom, son cœur battait à rompre.

Quand, Julien la tenait dans ses bras et l'embrassait, elle voyait le visage de Pierre, son véritable amour. Cela se ressentait dans son comportement. Chaque jour, Julien pensait que demain ça irait. Mais il se rendait bien compte — à ses dépens en plus — que tous les demains, si ce n'étaient pas la même chose qu'hier, s'empiraient même.

Lui aimait ma mère d'un amour inconditionnel. Sa patience n'avait pas de limites. Il oubliait simplement que lorsqu'une femme ne voulait pas, malgré ce qu'on pouvait bien lui offrir, cela ne valait rien à ses yeux.

C'est à ses frais qu'il apprit la leçon dans une nuit pluvieuse. À son retour d'un voyage d'affaires ayant duré deux mois. Comme à l'accoutumer, pensant trouver sa femme à la maison, grande ne fut pas sa surprise de tout trouver sauf celle-ci. Il criait, pleurait de toutes ses larmes. Riait de tristesse. Rien !

La dame s'était enfuie avec ses trois enfants et son homme, son véritable amour. Et comme si cela ne suffisait pas, elle était enceinte d'un mois et demi.

Le couple, bien caché, vivait d'amour et d'eau fraîche. Qui a dit que cela n'était pas possible ? « Aimer n'est pas un crime, mais l'amour tue » aimais-je me le répéter. Julien fit chercher son épouse et ses enfants, mais il n'essuyait que des échecs. Alors, ne pouvant supporter cette situation, et puisque la honte planait au-dessus de sa famille, les parents décidèrent d'un commun accord de déshériter ma mère. De quel héritage parlaient-ils ? Cette décision venait simplement essuyer la honte de cette misérable famille.

Alors, la misère et le calvaire devenaient le quotidien de mes grandes sœurs. Moi, dans son ventre, je grandissais bien que mal nourri. La plus âgée avait treize ans, la suivante dix ans et la dernière : sept ans. Chaque naissance se faisait à un intervalle de trois ans. Plusieurs mois s'écoulèrent et me voici dans ce monde de souffrances impitoyables. Monde injuste.

Si lui seul, malgré la chasse et la pêche n'arrivait pas à se nourrir. Avec plusieurs bouches en plus, la situation alla de plus en plus mal. Il le savait, mais ne pouvait rien dire. Que pouvait-il bien dire ? Les mois se succédaient. Un an et six mois, ma mère attrapait encore une autre grossesse. À croire que la misère n'avait aucun effet sur eux. Ils cherchaient un garçon. Le chef de famille. Selon eux, les femmes étaient appelées à aller construire leurs vies ailleurs pendant que l'homme, sa vie ne sera guère loin des siens. Ce sera à sa femme de quitter ses parents et de venir agrandir sa nouvelle famille.

Être ou ne pas être ? N'être ou naître ? Le temps passait tellement vite que ma mère accouchait d'une fille. Ma petite sœur Yasmine. Nous étions heureuses, nous les enfants. Le couple non. Les choix de l'homme étaient obligatoirement ceux de la femme. Il en va ainsi depuis Matthieu l'évangéliste. C'est à croire que, les enfants de sexe masculin ne voulaient pas de ce foyer. De cette famille. Les enfants ne se commandaient donc pas à ce que je voyais. Avec attitude et altitude, la vie était presbyte.

On grandissait entre percées et chimères. Voyant tout ceci comme malheur de leur amour, le couple décida — pendant un jour de l'an — de se débarrasser de nous. Alors, il nous confia, Yasmine et moi, à notre aînée. Avec elle, la souffrance s'estompa dès les premières années. La réalité pendant ces années-là avait tiré un voile. On est sans ignorer que, à beau vouloir noyer la réalité, même en la jetant dans les tréfonds des hautes sphères ténébreuses, elle finit toujours par se tirer d'affaire pour en dernière analyse nous retomber en plein visage comme une vengeance. Le voile sur nos yeux allait bientôt tomber pour faire place à la dure réalité. Il y avait des jours comme ça.

## Sandrine

Sandrine n'avait pas été longtemps sur le bang de l'école, non seulement pour cause d'effectif pléthorique, mais également, pour manque de suivi et de volonté. Alors, elle chercha rapidement quelque chose à faire. Mais, que faire dans un pays où la logique a jadis fait ses bagages ? De fait, l'anomie trône en maître tel un gangster à Oyem. Logique du désordre et cendre de maux. Il lui fallait vraiment un souffle équatorial. Tout était là, tout était fin prêt, place du trop cas. Le pays allait trop mal. C'était une alerte rouge, un sos motem. Alors, elle accepta tout ce que la vie lui offrait. Elle prit tout ce qu'elle possédait, tous ses atouts pour arme et alla en guerre. Contre qui ? Contre tout ce qui pouvait sembler être un potentiel ennemi. Le plus important pour elle était de sortir vainqueur de chaque combat. Sortir de là la tête haute. Le reste importait peu. Le reste ne comptait que pour du beurre ! Elle initia aussi mes autres grandes sœurs. Les reines des soirées arrosées. Deux lettres hantaient même leur sommeil parfois : UP. Quelquefois le matin, sur le canapé, elles parlaient endormies. C'est là où j'entendais ce mot sortir de leurs bouches : UP. Quelle signification ? Je l'ignorais à l'époque. Et je n'osais guère demander la signification de peur de recevoir une bonne correction. Et en plus, elles aimaient ça, me punir pour un rien, même lorsque la raison était de mon côté. Elles n'avaient rien à faire de la raison. « Nous sommes les dieux de notre existence. Nous faisons de notre vie ce que nous voulons. Alors, rien ni personne ne pourra nous faire la leçon », aimaient-elles à dire.

Elle nous éleva désormais avec des coups et autres. La maltraitance était notre repas quotidien. Moi a priori, car je ne voulais pas suivre leurs pas. J'avais des objectifs à atteindre, des rêves à réaliser. Et encore, pétrie de talents. Fort bien intelligente. Elles le savaient pourtant. Mais, sans écho favorable. Le travail à la maison constituait le prix à payer pour pouvoir continuer mes études qui, même l'heure arrivée, tant que les tâches ménagères n'étaient pas toutes effectuées, pas de déplacement pour l'école. Je les priais de me laisser aller et revenir effectuer les travaux à la fin des cours, sans appel. Alors, je me levais la première pour me coucher la dernière.

Fâchée contre l'école, Yasmine ne tarda pas à les rejoindre. Douze ans seulement, elle savait des choses dont moi, sa grande sœur, ignorais encore. Elles passaient des heures, des nuits et même des jours entiers dehors sans trop craindre les conséquences de la vie. De retour à la maison, elles racontaient leurs mésaventures. Ridicule !

Les exploits de mes intrépides de sœurs frisaient le machisme puéril. Elles évoquaient en toute imperturbabilité leurs prouesses en matière de prises, de sélections, les différentes techniques du Kâmasûtra. Un art, proclamaient-elles. N'empêche, je sentais bien qu'indubitablement ; derrière tant de rodomontades ; derrière tant de fanfaronnades ; il n'y avait que du vent ; du flan ; du léger ; du pas cuit à point ; du pas cuit du tout ; du pas lourd ; du pas à suivre ; du pas crédible ; une affaire d'hormones ; hormones bridées dans des corps en métamorphoses. Des actions laides provoquant sur elles la bavure du destin.

- Alphonse après notre show d'hier chez lui, je lui ai demandé de me raconter une de ses aventures. Il a vécu des histoires assez oufs, disait Yasmine. Il me disait que :

« Ce matin-là, je m'étais réveillé assez tôt pour faire des petites courses même si le soleil avait déjà pris son grand élan dans le ciel bleuâtre. En sortant, il m'éblouissait quand, du revers de la main, j'érigeais une barrière entre mes petits yeux noir chat et lui. Je me souvenais par la même occasion que la veille, j'avais promis à Vanessa, ma colocataire, de l'aider dans ses révisions.

Plus que quelques semaines et les études seraient enfin derrière nous ! En arrivant dans le salon, je vis qu'elle n'avait pas encore terminé de faire sa séance de sport. Elle tenait à effectuer ses exercices tous les jours. Et, je dois avouer que le résultat n'était pas déplaisant. Elle avait des yeux bien fixés comme des montagnes de cobalt, des lèvres telles des fortunes de phosphate, des dents dressées à la manière des sillons d'or augmentaient sa beauté. Seigneur ! Son corps mince et bien taillé, ses courbes sensuelles doublées d'une démarche féerique ne m'avaient jamais laissé indifférent. Toute l'année, j'ai eu l'impression que nous jouions au chat et à la souris. Elle sortait régulièrement de sa chambre en tenue légère, passant tout près de moi dans sa petite nuisette, et je ne manquais pas, non seulement par réflexe, mais également pour attirer son attention de l'effleurer au passage en me léchant les lèvres et surtout, en avalant de tonnes de salive avec effort.

Mine de rien, elle était bien fournie. Mais malgré cela, nous n'étions jamais allés plus loin que ce jeu sans trop d'intérêt pour elle et qui cependant, par des nuits pluvieuses, me rendait insomniaque. Ahhh! Si seulement elle pouvait imaginer le trop grand nombre de nuits que nous avons déjà passé ensemble dans ma tête, je crois qu'elle triompherait assurément de rire.

Concentrée, elle ne m'entendit pas approcher. Je m'allégeais puis m'agenouillais doucement pour profiter du spectacle que celle-ci donnait en pleine posture du chat. Sentant peut-être mon regard ou ma respiration saccadée, elle fit une grimace et me livrait son derrière en plein visage comme d'un appel du pied. Là, ses jolies fesses rondes avaient l'air bien fortifiées et l'envie de les toucher montait de plus belle en moi! « Laisse-moi te dire que mes bras bougeaient tous seuls comme téléguidés, voulant se saisir d'elle ». Alors, elle se mit ensuite en position du cobra, tout en écartant bien les jambes, m'offrant ainsi une vue plongeante sur son collant bleu. Ahhh, Seigneur ! Plus de doute, elle devait avoir deviné ma présence. Mes soupçons furent confirmés lorsqu'elle me susurra : « aimes-tu ce que tu vois? ». Mince alors! Cette fille avait au-delà du sang du python musculeux aux écailles d'agate, le groupe sanguin du boa.

Prédator, déjà bien rigide, se dressait encore un peu plus, et emporté par une pulsion soudaine, je commençais à embrasser ses fesses sans réserve. Vanessa poussa un petit gémissement de surprise, mais ne fit tout de même pas mine de vouloir se dégager tandis que je lui mordillais les fesses. « Retourne-toi ! » lui ordonnais-je. Elle s'allongea sur le dos, je me plaçais de manière à pouvoir l'embrasser délicatement tout en me rapprochant de son intimité sans y arriver concrètement, car l'objectif étant de créer des possibilités de pensées dans l'esprit de l'autre. La belle devait aimer le pouvoir qu'elle exerçait sur moi puisqu'elle plaça son pied sur ma gorge de manière à asseoir sa domination.

L'envie me colonisait. Le nid du désir s'accroissait depuis ma poitrine. Ce tumulte de sentiments et surtout de désir sévissait maintenant tout en moi. J'étais au trop-plein de l'excitation et elle le savait. Elle me dirigea avec ses pieds. Elle m'ordonnait sans mots de faire ci ou de faire ça. Je n'avais d'autres choix que celui de simplement obéir. Elle savait que j'étais à elle, tout à elle et cela m'excitait comme un dingue. Je crois qu'elle avait soigneusement préparé son plan. Se rapprochant encore et davantage, Vanessa me fit comprendre qu'elle en voulait plus. Je ne me fis donc pas prier et ne tardais pas à faire glisser son collant le long de ses jambes. La cochonne ! Elle ne portait pas de slip. Je découvrais avec plaisir un joli sexe poilu déjà luisant de désir.

Impatiente, ma coloc me saisit, m'emprisonna par le cou pour approcher ma bouche de ses lèvres humides criant de me dépêcher de les repaître, de les embrasser avec appétit, non avec gourmandise. Son visage froissé d'envie semblait solaire. Quand elle se sentit prête, elle me montra le chemin par des gestes assez souples. Alors, je commençais par un cunnilingus lent et appliqué qui l'arracha de petits gémissements qui s'en suivirent par une contraction forte de son corps. Je compris qu'elle approuva énormément ce que je faisais. Alors que j'allais m'arrêter pour reprendre mon souffle, elle ramena ma tête vers elle avec sa jambe, puis en silence, m'intimant de finir ce que j'avais commencé. « Très bien, elle est exigeante » me disais-je. Maintenant, elle allait voir de quoi j'étais capable. Dans cette position, je n'avais d'autre choix que de continuer à nettoyer sa vulve, et je me délectais de son goût mi-sucré mi-salé.

Se cambrant de plus en plus, je sentis qu'elle était sur le point de venir, et rapidement, elle fut emportée par un premier orgasme. Satisfaite, elle se redressa légèrement et m'intima de retirer mon Jean. Il ne me fallut que quelques secondes pour ôter tous mes vêtements. Sur cette position, la vue était tout à fait différente. Elle était nette. La lumière de son charme me paraissait stellaire tel l'anneau autour de Saturne. La sensation de devenir roi me transportait. En une seconde, je l'observais, et cette sève qui coule dans mes veines décuplait de vitesse, accentuant mes pulsions cardiaques. Mon cœur grondait dans ma poitrine, et l'amplitude du désir était à son comble. Quelques gouttes s'échappèrent de ma bouche semi-ouverte. Mes dents tranchantes comme un rasoir grinçaient sans raison. Mon corps face à autant de sentiments et surtout, face à elle, s'était affadi. J'étais faible. Je me sentais faible. J'étais fébrile comme à l'enfance devant un cadeau qui suscitait bien de passions dans mon for intérieur. Elle me regardait avec ses yeux de sorcière. À chaque fois qu'elle les clignait, ma pomme d'Adam s'agitait dans mon cou comme un lézard du désert en quête d'eau. Soudainement, je fus pris de chaleur. Je grillais sous le soleil comme une grillade sur un barbecue, mais la force me manquait pour me mettre à l'abri de peur de ne plus vivre le plaisir de la regarder. Je me sentais bien affaibli à cause de l'insolation et de la déshydratation, mais rien n'arrivait à me persuader afin de sortir de ce musée contenant un seul objet de valeur. « Qu'as-tu à me regarder avec cet air inquiétant depuis là ? » me disait-elle. Affaibli par cette convoitise gourmande et troublante comme une énergie marginale me permettant de rester, rester pour ne pas rater de cette occasion aussi unique, de vivre ce spectacle déjà beau par son charme. Alors, je talonnais la porte semi-ouverte pour la refermer.

Je remarquais ensuite que les tétons de ma colocataire pointaient largement sous son débardeur blanc. Je décidais de m'attaquer à ses deux obus, et je m'engageais à les caresser sous le doux et fin tissu, m'attardant longuement sur les pointes dures et dressées. « Une poitrine pareille mérite d'être admirée, et exposée dans un musée », pensais-je. Je les libérais l'un après l'autre par-dessus son décolleté avant de goûter à sa peau douce et parfumée. « Hum ! Quel délice ! » proclamais-je.

Sans transition, je passais ma langue sur ses deux dômes en érection, lui provoquant au passage quelques frissons frigorifiques de plaisir. Mais, voulant reprendre le contrôle de la situation, Vanessa me fit comprendre d'une pression sur les épaules qu'elle voulait que je m'allonge.

Je découvrais plus clairement le côté dominateur

de ma colocataire, et j'aimais ça en plus! Elle se plaça à côté de moi, et entreprit de me masturber avec ses pieds. La belle avait bien compris ma faiblesse, et avait l'intention d'en profiter jusqu'au bout. Sans trop de peines, ses pieds glissaient le long de Prédator en de grands va-et-vient. La sensation était incroyable. «Oh puissant Dieu! Elle sait s'y prendre» déclarais-je tout engourdi. Des piqures de plaisir emplissaient mon corps devenu esclave. Était-ce vraiment du plaisir ou de la douleur? Peu importe, ce mélange de plaisir et de douleur me donnait des convulsions. N'y tenant presque plus, j'agrippais la brunette par les hanches pour qu'elle vienne s'empaler sur mon membre. J'eus à peine le temps de balancer quelques coups de reins que madame se dégagea de moi comme si elle s'était réveillée d'un cauchemar.

«Tu n'as pas été très patient… remarquait-elle. «Et cela mérite bien une punition». Joignant le geste à la parole, elle se redressa et s'assit ensuite sur mon visage. Alors, je m'occupais à nouveau de sa sœur jumelle avec plus de rapidité pour la punir à son tour en l'inondant de plaisir. Son désir coulait à grande quantité dans ma bouche, et je n'en perdais pas une seule goutte.

J'imagine bien qu'à ce rythme, elle-même n'en pouvait plus d'attendre, car subitement, elle vint présenter son sexe humide devant mon braquemart qui n'aspirait qu'à la pénétrer. Cette fois-ci, je pris tout mon temps pour faire coulisser mon sexe à l'intérieur de son intimité. J'entendais les cris et les plaintes de ses pauvres lèvres en excitation. Les pleurs de cette rivière inondée, mais assoiffée me donnaient encore plus de courage et de force. Madame était étroite, et accompagnait à merveille le mouvement de mes hanches tout en gardant un contrôle total sur la situation. Oui! Elle adorait être aux commandes. Comportements propres des femmes autoritaires.

Me chevauchant en amazone, elle m'imposait son rythme. Je sillonnais avec acharnement les oasis bleues. Ses cris reflétaient l'extase dans lequel elle se trouvait. Je caressais la peau douce de ses cuisses sans aspérités. Si elle continuait de la sorte, je savais que je ne tiendrais plus très longtemps. Aller en douceur ne m'arrangeait pas. Je décidais maintenant de renverser la situation, la soulevant sans autorisation, sans effort pour la retourner au-dessous de moi et enfiler à nouveau mon gourdin dans sa fente. Pour une fois, je contrôlais la situation, et la belle ne pouvait rien faire d'autre que hurler son plaisir à gorge défoncée. Mes va-et-vient se firent de plus en plus rapides, puis je finis par littéralement la pilonner sans aucune circonspection. J'apercevais le soleil au zénith briller dans ses yeux. Mais alors que j'étais sur le point de décharger mon jus dans son orifice, la garce se retira pour venir se placer à nouveau sur moi. Merde! En vraie dominatrice, elle voulait contrôler le moment où nous atteindrions la jouissance ultime.

«Soulève-moi!» m'ordonnait-elle tout en glissant et en me griffant le dos. Je la saisis alors par les cuisses et me redressais tout en visitant longtemps et profondément les confins de la grotte une dernière fois. Elle se tortillait à la manière d'un serpent fuyant les flammes désireuses de sa chair.

Ses magnifiques seins se dressaient fièrement

juste devant mon visage. Les yeux dans les yeux, j'ai aspiré à nouveau ses tétons entre mes lèvres, les titillant du bout de ma langue. Puis les mordillant. Je sentis brusquement les muscles de son corps se raffermir. Là, glissant en elle comme dans du beurre pasteurisé, je multipliais les assauts dans son antre dégoulinant énormément encore de plaisir. «Oh oui, oh oui, oh oui, plus vite, je vais venir! Plus vite! Plus vite! J'arrive! Plus vite je dis! Plus vite»! criait-elle en grimaçant comme une musique qu'on mettait replay. Alors mes assauts se faisaient de plus en plus sauvages et rapides. Je sentis son vagin se contracter tandis que la cochonne explosait dans un violent orgasme, un orgasme renversant. «Je suis le meilleur» m'encourageais-je. J'étais moi aussi au bord de l'extase, quand elle se retira avant même que j'aie eu le temps de jouir. Foutre tonnerre de merde! La tigresse avait le don de me mettre dans tous mes états! Je la regardais avec cruauté, avec colère et rage. Sentant ma frustration, elle me fit comprendre qu'elle voulait me remercier à sa façon du plaisir que je venais de lui donner. Mon visage s'assagissait et mes yeux brillaient. «S'il te plaît, allonge-toi.» demandait-elle avec une voix suppliante. «Incroyable!» laissais-je échapper. Je ne me fis pas longtemps prier.

Je sortis rapidement de mes pensées et m'étendis sur le tapis dérangé et déjà bien sali par nos ébats. Ma coloc approcha sa bouche de mon pieu et l'engloutit entièrement avec délectation. «Oh là!» me disais-je. Elle alternait les gorges profondes et les caresses de la langue sur le bout de mon gland comme une vraie actrice porno! Au bout de quelques minutes, je lui demandais la permission de décharger dans sa bouche ou sur ses fesses. Vanessa s'allongea cependant sur le ventre, ses extrémités offertes à hauteur de mon sexe. Je compris le message. J'y répandis ainsi ma semence en longs jets et lui offris mon jus tandis qu'elle caressait son bouton magique. Soudainement et d'un ton ferme, elle m'ordonna en ces termes : « Stop ! Ne vide pas tout toi aussi ! » J'arrêtais rapidement les puissants jets en pinçant fortement Prédator par le nœud pendant qu'elle se redressait et m'offrait sa bouche. Celle-ci était tiède et bien humide. Au contact de ses lèvres, un frémissement me traversa le corps. Elle le mâchonna d'abord. Le mâchouilla ensuite. Une dernière fois, les cris bestiaux de sa volupté me firent tressaillir avant qu'elle ne baladât délicatement sa langue en guise de remerciement. Elle le prit enfin des deux mains, l'appuya et pressa pour sucer la semence qui tardait encore à sortir. Je me tortillais de plaisir et me surpris, non seulement le dos au sol, mais aussi de respirer à nouveau. Je restais-là, en cessation de motricité, pendant qu'elle prenait la direction de la douche sans aucun mot. Je la fusillais du regard. Et elle le savait. Alors, elle remua expressément ses fesses qui se discutaient la priorité des mouvements. Sa fente, sur son chemin, laissait des marques du plaisir qui tardait encore à s'évanouir. Quand j'eus la force de me lever, elle sortit de son bain en me souriant. « Mission accomplie ». Me rassurais-je. Ce fut un bon moment et le meilleur de ma jeunesse jusqu'à toi, mon amour, ma Yasmine ».

# Livre 3

La vérité est une mélodie périlleuse qui n'a pas de fin.

*La Plume De L'Esprit*

***************

Mes sœurs étaient entêtées à se vautrer dans la boue de l'échec scolaire. Elles étaient frappées par le virus de la paresse et l'éclosion prématurée de penchants lubriques invincibles par la morale au détriment de l'instruction dans les principes de la foi véritable ou les bons sentiments de la raison. Na gho? Kwanga na gho ? Jusqu'où? Conscience en malheur. Juste à y penser, tout en moi, je ressens couler en grande quantité : les larmes de ma conscience.

Le choix était vite fait. Tout le monde aimait Yasmine à moi. Mère nous imposait de lui donner quelque chose chaque mois. Un peu d'argent. Pourquoi devrais-je lui donner des sous pendant que j'avais encore besoin de son soutien? Comment allais-je trouver des fonds? Pour elle, il n'était pas question qu'elle nous ait gardées pendant neuf mois dans son ventre, sans compter les maladies et les malaises. Ajoutant les moments de souffrances au-delà de ces mois, pour ne rien gagner en retour. Il était temps pour nous de payer le prix de ces années de travail pénible et soutenu.

Yasmine devenait alors championne dans la tuerie. Elle faisait désormais partir de la bande rebelle nommée : Les régulateurs de la vie. Elle enchaînait les grossesses les unes après les autres. Mais elle n'avait toujours pas d'enfant. Elle se faisait avorter comme une experte.

Quelquefois, pour s'en débarrasser, elle introduisait d'abord la jeune tige du baobab dans le col de l'utérus et passait tout un jour avec. Répétait cet acte plusieurs jours d'affilés jusqu'à ce que le col accepte de libérer sa charge.

Et si, cela s'avérait impuissant, elle doublait ensuite ce processus de racines et des écorces du papayer qu'elle faisait bouillir afin d'en faire un remède purgatif. Selon elle : « Il fallait à tout prix éliminer la vermine, vidanger le vibrion indésirable. »

Là encore, quand la vermine était vraiment décidée à rester en mettant en mal tous les plans — en complicité avec les médecins qui trouvaient bon de gagner de l'argent pour des choses illégales — elle prenait du spasfon 4 mg en injection, le syntocinon 5UI et le methergin 0,2 mg en injection — ce dernier permet d'accélérer le processus d'accouchement, le travail —. Avec ces médicaments obtenus par présentation de l'ordonnance, elle faisait une mixture spéciale — soit en injection, soit en purge —. Le coup étant trop fort, le pauvre ne pouvait que sortir. Certains corps étaient mis aux toilettes, mais d'autres, jetés dans les poubelles sans aucun regain de tristesse ; sans aucune pitié ; sans respect de l'homme ; de l'être. Le monde était d'une rare beauté, malheureusement la folie, la bêtise et la laideur des actes des humains en pervertissent l'éclat. Je comprenais mieux désormais le projet de Dieu qui était : l'élimination systématique de tous les êtres humains — hors arche de Noé — afin que le monde retrouve sa splendeur, sa lumière. J'étais dépassée par ces événements tragiques qui soudainement arrivaient les uns après les autres.

À partir de cet instant, il me restait — sinon —, il m'était difficile et presque impossible de décréter la fin absolue de cette folie insurmontable qui m'accablait.

Des chaudes et viriles embrassades *températuraient* le moment. Toutes, les unes après les autres, entrions. Elles me proposaient la place qui faisait face à toutes les autres. Personne n'osait dire quelque chose. Le calme s'improvisait tout en se faisant roi des rois.

Le téléphone d'Angélus sonna et rompit le silence qui régnait. C'était un jeune rencontré un jour avant son anniversaire à la plage. Fils à sa mère, fringué comme un petit dieu, elle le bouscula expressément afin d'attirer son attention sur elle. Ahhh, les femmes ! Quand elles décident, rien ne peut les faire changer de position.

Coup d'essai, coup de maître. Non ! Pas coup d'essai. On dira tout simplement coup de maître. Le pauvre. Il s'excusa et lui proposa un verre pour dommages et intérêts.

— Bingo ! Il a mordu, disait-elle intérieurement.

Elle se fit d'abord désirer pour montrer qu'elle acceptait par pur respect. Elle ne voulait pas le désobliger. Elle informa ensuite au jeune homme qu'elle n'était pas venue seule. Donc, elle allait rapidement prendre quelque chose pour ensuite rejoindre ses sœurs.

Il la fixa intimement. Avec volupté. Avec plaisir et désir. Non, avec gourmandise.

— Excuse-moi. Est-ce que ça été douloureux sur le

coup ? lançait-il.

— Sur le coup, euh, quoi donc ? disait-elle avec un regard plongé dans la réflexion doublée d'un peu de gêne.

— Quand tu es tombée. Tombée du ciel voulais-je dire.

— Ah oui !

— Oui. Parce que, avec ce visage, tu dois forcément être descendue du ciel. En simple, tu es un ange.

Il vola au vol un sourire. Puis, un tonnerre de rire.

— Et, as-tu déjà réussi à illusionner quelqu'un avec ça ? questionnait-elle.

— Oui, toi ! Vu que tu as ri. C'est là même l'objectif premier.

Ils éclataient tous de rire. Pendant ce temps, une serveuse se rapprochait de leur table pour prendre les commandes.

— Beau jour, quelle commande pour madame ? Demandait la serveuse.

— Beau jour. Avez-vous de l'Orangina s'il vous plaît ? Rétorquait Angélus.

— Désolé madame, notre stock de jus vient de se vider. Mais, nous avons déjà dépêché quelqu'un chez le livreur. Il est probablement en chemin pour le retour.

— Alors, un verre de champagne sans glaçons.

— Vous n'y allez pas d'une main moite. J'aime les femmes fortes et directes… lançait-il.

— Ah oui ! s'exclamait-elle.

— Au fait, où avais-je la tête ? Votre beauté magnifique m'a ébloui jusqu'à me faire oublier les règles de bienséance. Je m'appelle Jérémy. Jérémy Mudanga. Et vous ?

Le piège était tendu. Pour ne pas perdre la face et éviter de passer pour, lui, un gentleman ne pouvait pas laisser échapper une occasion pareille. Il fallait montrer tout son respect à une femme enivrante. Non ! Il se devait d'être un homme et un vrai. Elle le savait et le poussait à l'excavation.

— Et moi, Ashley Cyrielle. Mais, Cyrielle simplement ira. Répondait-elle.

— Vous nous permettez le tutoiement ?

— Comme il vous convient.

— Je suis bien plus qu'enchanté de faire ta connaissance magnifique, angélique et belle créature. Oui ! Bien plus qu'enchanté.

— Très heureuse alors. Pour ainsi dire : le plaisir est partagé.

— Un autre verre ? Car le tien est déjà presque vide. Il cligna de l'œil.

— Je l'aurais accepté volontiers. Malheureusement, je refuse.

— Mais, pourquoi donc ? Tu n'apprécies pas ma compagnie, c'est cela ?

— Loin de là ,mon cher.

— Quel est alors le problème ? S'il te plaît, exprime-toi beauté angélique. Ma Ash. Ma Cycy s'il te plaît. Sais-tu que ta beauté, ton charme, tes allures, ta prestance et tes douces paroles pas encore dites m'ont déjà ému et maintenant mon âme est tourmentée par l'amour que je ressens pour toi ? Parle ma belle. No hésitation ! concluait-il.

— Déjà ? En fait, je ne suis pas venue toute seule.

Je suis avec mes sœurs. Elles sont trois. Donc, je souhaiterais aller les rejoindre pour ne pas paraître horrible.

— (Il éclata de rire) Soit. N'y aurait-il pas possibilité, une petite si possible, de les appeler à cette table ? Et puis, elle est bien trop grande pour deux personnes (en grimaçant).

— Si c'est toi qui me le demandes, je crois que cela est désormais possible.

— Avec une telle beauté, on ne peut rien te refuser. Car si Dieu lui-même a accepté de te donner un tel potentiel, qui suis-je moi pour te refuser quelque chose.

— Cela dit…

Un appel suffisait pour nous mettre en alerte. Beau jeu ! Très beau jeu. On reconnut là l'expérience de la Tigresse, la Lionne et la Chacala de tout temps…

Le temps passait avec acuité. Les sourires charriaient le moment. La journée avait bien commencé et cela continuait. Bien heureux ! Les verres se vidaient comme de l'eau et les bouteilles succédaient aux autres sans aucune interruption.

Il voulait un rendez-vous pour ce soir. Elle lui expliquait qu'elle n'avait pas de temps et surtout, d'argent pour se faire belle pour lui. Donc, il devait rigoureusement y penser pour espérer la voir ce soir. Plusieurs moments passaient et les deux au téléphone continuaient leur discussion. Et enfin, elle lâcha l'appareil avec un soupir attestant d'un résultat positif.

Après une mise au point des choses à faire et à ne pas faire, nous voici en route pour mon initiation sur le terrain. Je récitais par cœur toutes les techniques mises en place. Tous les éléments du corps étaient des armes. Sandrine avait raison. Même vilaine, on a toutes les chances de son côté. Il suffit de se démarquer. La beauté n'était donc qu'un surplus.

— La démarche, la position des pieds, du corps, le mouvement des fesses, des mains, les ongles, le regard, le sourire, la façon de manger, de parler, la gestuelle, les cheveux, les vêtements et le sac à main sont des importants artifices dans la séduction. Il faut imposer les regards sur toi. Déstabilise la défensive des hommes, fais émerger en eux le désir. Celui de t'avoir à leur côté. N'oublie jamais de toujours faire des jalouses et des victimes. Et puis, il faut bien faire des blessées de guerre non ! Ce n'est qu'à ce titre que tu seras une dure à cuire. Tu ne passeras plus inaperçu parce que, dans leurs rêves, ils te feront dans toutes les positions possibles et où ils voudront. Ne pouvant se contenter de si peu, ils n'auront pas d'autres choix que de tous vouloir te posséder. C'est là où commence la sélection et les enchères allant même jusqu'à la surenchère, voire l'hyper méga enchère. Pour arriver là, il te faut beaucoup travailler, disait Angélus sous le contrôle des autres.

— Avez-vous des choses à ajouter ? lançait-elle ?

— Après ça, qui pourra avoir quelque chose à dire ? Pas moi. Et toi Sandra ? interrogeais Marina.

— Je manque moi aussi de mots après de tels propos.

Ce soir-là, je n'étais pas dans mon assiette. Je savais tout au fond de moi que je n'étais pas dans mon monde. Une gêne extrême m'étranglait. Je me débattais bon an mal an contre elle. La musique, le rythme, le monde, le cadre… étaient en complicité avec tout le monde, excepté moi. L'effet des jeux de lumière me faisait tournailler. Que faisais-je dans un tel lieu, Seigneur ? Et puis quoi encore ? Depuis que ce type sait que je baigne dans la boue, je mange très rarement, que je dors avec les rats et les cafards, a-t-il bougé le petit pouce ? Ce qu'il y a plutôt à faire, c'est de reprendre possession de mes moyens afin de montrer aux autres que je suis capable, prête à aller jusqu'au bout.

Je cachais bien mon jeu. Je voulais partir pour ne plus y revenir. Partir ? Mais où ? Refaire carrière avec la misère. Retourner dormir dans une pièce de fortune avec pour accessoires une natte et un pagne. Passer la nuit avec un ventre criard, se plaignant de toutes ses forces, causant une insomnie inconfortable. Comme si, ils n'attendaient que ça, les gémissements nocturnes de l'amie — qui avait bien voulu me garder un moment chez eux, vivait avec son petit amoureux — et de son amoureux passaient au travers des murs en contreplaqués marqués par l'âge jusqu'à mes oreilles. La scène était répétée toutes les nuits. C'était horrible !

Au début, on s'était dit qu'ils m'offraient seulement cette pièce et rien d'autre jusqu'à ce que je trouve une situation. Notons que trouver du travail dans ce pays est comme chercher une aiguille dans une botte de foin. Avec qualification, c'était assez difficile. Combien de fois sans ? Pour ce qui est de leur ébat sexuel, cela se passait à vase clos. Le temps était rapidement passé et ma présence pourtant invisible était de trop. Je pris ces changements pour une façon de me demander de m'en aller. Le message était clair et passé. Il était même bien passé, je dirais.

Cette fois, c'était la dernière fois que j'essuyais cette honte. Parce que, j'avais fait plusieurs quartiers à mendier la charité des amies. Beaucoup me comprenaient et acceptaient ma présence. Mais, moi qui pensais être invisible aux yeux de tous me retrouvais traquée par leurs compagnons de chambre. Entre passer la nuit dehors et chez des amies, j'avais évité de justesse quarante-trois fois d'être victime de viol.

Alors, je préfèrerais voir vers où conduirait le chemin que je m'étais résolu de prendre plutôt que de souffrir et patauger dans la salissure. Ce jour-là, après la soirée d'initiation, je dormis avec les autres chez Angélus. Dans la nuit, je me fixais des objectifs.

- Objectif un : trouver un endroit personnel où vivre.
- Objectif deux : habiller ledit endroit.
- Objectif trois : donner le moins de personnes possibles mon adresse.
- Objectif quatre : quand tout est fin prêt, pas de quartier.
- …

Pour réussir le pari, il fallait oser. D'abord, trouver celui qui acceptera de financer la location à long terme. Je me devais de sortir de là, de cette misérable vie. Rompre le charme d'avec ces maux. Les misérables (elle cracha). Aujourd'hui, j'avais entamé un bout de chemin. Aller jusqu'au bout du silence. J'avais conscience que le signe de la source était encore loin. Mais, j'y arriverais ! Avant l'aube prochaine ! La vie est un sale boulot, et il sera le chèque.

Ensuite, obtenir des fonds nécessaires pour remplacer la natte et le pagne par un lit douillet. Un grand lit de deux places minimum et un matelas de qualité. Je frissonnais à cette idée. Un homme bien propre et canon. Plaquettes et tablettes de chocolat noir. Ajoutons assez sympathique. Un petit côté craquant, mignon, charmeur, comédien et croustillant. Il me contaminera son bien-être tout en me combla de joie. Il n'aimera assurément pas des choses sans élégance. Ahhh, Seigneur ! Bon allez, pas trop d'attachement. Lui sera mon chic.

Enfin, quelques-uns sans intérêt pourront m'acheter un ventilateur, voire un climatiseur en échange juste d'un baiser et de bons mots en passant. Mais, commençons petit à petit. Un réchaud et toutes les délicatesses d'une maison ne seront pas de refus. Les dépenses régulières seront à eux. Ils seront le choc. Avec ces trois réunis, je pourrais tranquillement vivre pendant un long moment.

Selon Angélus : « Une bonne formation devra durée en moyenne un mois pendant lequel, l'intéressée recevra des cours d'abord en formation initiale, cours accélérés pendant deux semaines ensuite, deux autres semaines pour la formation continue. Ce n'est qu'à ce titre et après vérification, puis validation des compétences et des acquis de l'apprenant qu'enfin, la formation des formateurs pourra être mise en exécution. »

Je passais ces deux formations avec habileté. Pour preuve, j'avais pu trouver le chèque, le chic et le choc sans beaucoup de difficulté. Le plus dur était désormais de les garder, faire en sorte qu'ils me picorent toujours dans le creux de la main.

Chacun à tour de rôle venait dormir sans bien trop de problèmes. Je réussissais à les gérer, à les manager sans peine tout en évitant des embouteillages. Oui, j'inventais tel problème à celui-ci pour éviter qu'il vienne dormir chez moi parce que, un autre y était déjà. Je donnais telle autre raison à celui-là pour gagner en temps avec le troisième. Et, ainsi de suite jusqu'au jour où tout bascula. Tout devint sombre. Lugubre. À force de mentir, nos propos deviennent un piège tendu dorénavant contre nous-même. Ne disait-on pas souvent que le voleur aurait quatre-vingt-dix-neuf jours pendant que le centième serait uniquement réservé au propriétaire? C'était dans cet engrenage que je me trouvais.

En réalité, c'était le tour du chèque. Tout était pourtant prêt. Les autres étaient hors-jeu. Ils étaient en faux départ. C'est quand on pense avoir tout réglé que la providence te montre le contraire. J'étais en chambre avec le chèque quand soudainement quelqu'un frappa chaudement à la porte.

— Toc! Toc! Toc!

— Qui est-ce?

— C'est Philippe mon amour. Ton choupinet de toujours, ton chéri répondit-il de l'autre côté de la porte.

Mon cœur avait voulu quitter ma poitrine. Ici, Jean (le chèque) et là-bas, Philippe (le chic). J'étais bloquée. Coincée. Encerclée. Que faire maintenant. Que pouvais-je rapidement inventer pour me tirer d'affaire? Rien ne venait. Tout était en désordre dans ma tête. Je regrettais énormément le fait d'avoir répondu. Peut-être, il serait inévitablement reparti. À l'intérieur, on m'ordonnait d'aller voir qui c'était. Pendant que celui dehors, cognait avec insistance. J'étais perdu dans un océan de pensées. Voyant que j'étais indécise, Jean se leva, alla ouvrir puis revint s'asseoir sur le lit.

— Beau jour à vous monsieur, vous allez bien. Merci d'être venu m'ouvrir la porte. Toutefois, je voudrais savoir qui vous êtes ? Disait Philippe.

— Beau jour cher monsieur. C'est vous qui venez me trouver chez moi et vous avez l'imprudence de me demander qui je suis ? Mais, où va maintenant le monde ? L'étranger demande au propriétaire qui il est, qui plus est chez lui ? Voyons! Lançait Jean.

— Ai-je bien entendu propriétaire? Vous savez celui qui a acheté le lit, le matelas et même les draps sur lesquels vous êtes? Je vais vous le dire de la plus simple des façons, c'est l'étranger en question.

— Eh bien mon cher, ton lit est dans ma chambre, car c'est moi qui paye les factures de cet endroit.

— Alors, à ce que je comprends, chacun à son niveau a participé au bien-être de madame. Puisque, pour elle je ne suffis pas, je vais reprendre mes affaires et repartir avec.

— Tu as raison mon frère. Je comprends mieux maintenant son jeu. Pendant qu'elle inventait des situations, c'était l'un de nous qui dormait ici. Cela nous pousse à croire qu'on n'est pas les seuls. Dès aujourd'hui, je ne finance plus rien. Je ne dépenserai plus un seul rond sur toi. Si tu pouvais savoir combien tu me déçois ! C'est la loi du karma qui s'abat sur toi désormais.

Philippe reprit toutes les affaires qu'il avait achetées. Pendant que Jean me boudait en me tournant le dos. Aucun mot ne voulait sortir de ma bouche. Que pouvais-je bien leur dire ? Peut-être que c'était même mieux ainsi. Tout le quartier était en effervescence. En voyant cela, tout le monde venait simultanément reprendre ses choses. Le bruit allait jusqu'au-delà du quartier. Les mauvaises nouvelles vont très vite et ont la bouche tordue. Le choc Joseph retournait avec le ventilateur et quelques autres affaires.

Des jours entiers passaient et je n'osais pas revoir le dehors. Mes amies appelaient, venaient me voir et retournaient en se moquant. Ne pouvant pas supporter les regards du jour, j'avais décidé de rompre mon contrat d'avec la vie.

Mégalomaniaque ? Mégalomanie ? Aucune idée. Mais, il est préférable que quand on ne sait pas où on va, que l'on revienne tranquillement sur ses pas. J'entendais souvent dire que «le cœur qui a bu du sang est rempli d'un orgueil démesuré». La vie est une opération forêt des abeilles pour ceux qui prennent les mauvaises décisions. Le début est bien, mais la fin est toujours une torture. Une violence. Quelle brutalité alors ? C'est une bêtise ! Une véritable bêtise. Il n'y a rien dans ça. Si ce n'est le choc lorsque se rencontrent, à ce point, la résolution d'achever le déjà commencé et le point final que construit l'horizon d'un échec. Se battre pour rien. Combat inutile, sans gloire et sans grande durée. Les misérables. Corneille l'avait compris depuis bien longtemps : «À vaincre sans péril, on triomphe sans gloire». Et toc !

Je dirais également que, la réussite facile est un bien éphémère. L'effort nous éloigne de l'ennui et du déshonneur afin de nous assurer une richesse impérissable. Là est la véritable leçon de la vie. De ma vie. Il était trop tard pour revenir. Trop tard pour tout refaire ! Je n'avais pas vaincu, j'avais plutôt été vaincu. Je n'avais pas réussi. Ou plutôt si. Je n'avais réussi que dans l'échec. Un échec cuisant en plus. Le temps est comme un avion, sans rétroviseurs. Tout comme l'avion, le temps ne fait pas marche arrière. Pas de demi-temps ni même de mi-temps. Pas de prolongation ni d'essai. Rien de tout ça. On se jette parfois sans préparation. On sait toujours comment commence ce type de situation. Il est, cependant, difficile d'en prévenir la fin. Brusquement, le désir de laver l'eau puante de mes turpitudes m'envahit. Mais comment revenir ? Que faire ? J'ai mal, j'ai très mal. Mal de devoir partir. Tellement de choses que j'aurais voulu changer ou voulu vivre. Tellement de choses que j'aurais voulu effacer ou voulu revivre. Seulement, tout cela est impossible aujourd'hui. Regret éternel ! C'est donc dans cette contradiction que je me suis retrouvée ici, devant vous.

Ceci était ma vie, mon histoire. C'était l'histoire de ma vie, moi Natacha Esther Bilola.

— Merci pour cette histoire, pour l'ouverture de ton cœur. J'ai vu tout ce que tu disais. C'est pourquoi je vais te libérer. Avwanì ma dièndzô ! proclamait-il d'une voix ferme.

— Dièndzô…

— Ma avwanì ma dièndzôôôô !

— Dièndzôôôô…

— Ma dièndzô ma mughogho, concluait-il.

Alors, il saupoudra le feu d'une substance blanchâtre pour éclairer le chemin. Puis, il appela trois fois de suite Natacha Esther Bilola en la sommant de se lever. Debout. Sur elle, il souffla la poudre contenue sur sa main. Elle toussait. Le ciel acquiesça par un tonnerre qui faisait suite à un panel d'éclairs. L'air exhala un parfum de libération. La fraîcheur de la liberté avait une odeur d'apothéose. Subséquemment, il apostropha les esprits maléfiques qui rodaient. Le calme bâillonnait le moment sous des couleurs de la sérénité.

— Au suivant ! disait-il.

— Nima na kombo maganga bwékayé ! lançait-il pour ouvrir son récit.

— Ayé ! répondait l'assemblée.

— Baséééééé ! ajoutait-il.

— Basé ! cloncluait l'assemblée.

— Hein !

Il se rechauffa les mains un moment puis continua :

— Je vous remercie de la parole. Je m'appelle Laurent Christ Musonda et ceci est mon histoire. Mais avant de vous conter ma vie, je tiens à rappeler ici que, j'ai comme un sentiment de haine vis-à-vis du prénom Christ. Sauf que parfois, j'ai bien plus honte de moi que la haine qui m'envahit. La raison est simple : je ne me sens pas digne de porter celui-ci. Mes actes ne coïncidaient pas avec ledit prénom. J'ai posé des actes laids. Sales. Et, je le regrette énormément. Tout a commencé la veille de mon anniversaire quand, toute la famille pensait que demain j'aurai 20 ans.

— Allons-y à l'essentiel monsieur ! tonnait le maître. Le commencement pour être délivré.

— D'accord. Vous m'envoyez navrer maître (avec de légères inclinations). Disait Laurent. J'ai 33 ans aujourd'hui. Enfin, j'avais, si je peux le dire ainsi. Donc, comme plusieurs jeunes, j'aspirais aux meilleures conditions pour ma vie. Né dans une famille catholique et modeste, très tôt j'ai connu les dix commandements. J'allais à l'Église tous les dimanches avec mes parents composés de ma mère, mon père, ma petite sœur et mes trois frères. Deuxième dans une fratrie de cinq enfants, et j'ai très tôt connu le sens de la responsabilité. J'ai même, un jour, voulu devenir prêtre. Mais, c'est ma mère qui m'a découragé. Elle ne voulait pas de cette vie pour son fils. Elle souhaitait plutôt que plus tard, je fonde une famille, « Une vraie » selon elle. Je me contentais donc de servir le Seigneur et de vivre pleinement mon expérience de foi.

Mes parents se sont littéralement saignés pour nous. Mon père, pauvre petit maçon, travaillait jour et nuit sous la pluie et le soleil pour, non pas seulement remplir la marmite, mais également nous envoyer à l'école. Ma mère était femme au foyer. Son rôle n'était pas des moindres, car elle maintenait la cohésion familiale en l'absence de l'autorité paternelle.

Nous étions possiblement une famille modeste ou pauvre, c'est selon. Mais l'amour régnait à la maison. J'étais un élève très brillant. J'ai eu mon baccalauréat avec la mention : très bien. Ah la belle époque, comme elle est bien loin aujourd'hui ! Mes parents étaient trop fiers de moi. De ce fait, je me voyais déjà devenir un haut cadre de la république. J'avais un rêve. Un vrai rêve. Je voulais devenir magistrat. Ne me demandez pas pourquoi, mais c'était cela mon rêve le plus fou. Je me voyais réussir à un grand concours professionnel de magistrat dans ce pays, et aider enfin ma famille à sortir du trou noir et béant dans lequel elle était profondément enfoncée. Je ne voulais pas aller à l'université parce que trop d'inégalités existaient là-bas. À l'université publique, le mérite avait longtemps pris le grand large, laissant ainsi la bêtise mener le jeu.

Cette même année-là, nous avions traversé un horrible évènement. Mon père était décédé sur un chantier. La dalle de l'immeuble R+6 en construction s'était écroulée sur lui en ne lui offrant aucune possibilité de survie. L'entreprise n'avait pas, une seconde, été inquiétée. Pour mieux nous narguer, elle ne versa même pas un seul CFA à la famille éplorée. Une dure épreuve pour ma mère, dure expérience pour nous les enfants. C'était une catastrophe pour tous.

Ma mère ne savait plus à quel saint se vouer. Mon frère aîné, quant à lui, avait depuis longtemps abandonné les études pour se consacrer à l'agriculture sauf que, cela n'était pas rentable pour lui. Il n'apportait presque rien à la maison. Tous les soirs, je voyais ma mère pleurer. Elle cherchait comment faire pour m'envoyer à l'université, sans aucune solution. Alors, je me résignais à l'idée des études pour une année, le temps pour moi de chercher l'argent nécessaire pour la rentrée scolaire suivante. Elle s'était énormément amaigrie, elle d'habitude si grosse et si forte. Cette idée d'abandonner la vie d'école pendant un an n'était pas à son goût, et je la savais bien. Seulement, la voir chaque jour dans cette posture indécente pour nous ne m'enchantait guère. je me devais alors de le faire.

Pendant un an et sans aucun repos, j'ai vendu du charbon, de la cigarette, des sucettes, des bougies, des mosquitos, de la glace en passant par de l'eau glacée, des boîtes d'allumettes... J'ai poussé des brouettes, chargé des voitures, j'ai sorti le sable à des endroits difficiles pour avoir assez d'argent et présenter mes dossiers pour un concours professionnel. De retour à la maison pourtant j'étais bien épuisé, je révisais mes leçons, les cours que je prenais parfois avec les autres.

C'était donc sans surprise que j'ai obtenu mon admission dans une grande école du pays formant les hommes de loi. Il ne me restait plus que l'épreuve orale. La fierté de ma mère pouvait facilement se lire dans ses yeux luisants. Elle voyait déjà son fils arborer la toge des magistrats. Ahhh, c'était vraiment extra-ordinaire !

Le jour de l'épreuve orale, je restais très confiant. J'étais un ordinateur ambulant. Aucun sujet ne m'échappait puisque je travaillais sans arrêt. Je suis tombé des nues lorsqu'à peine dans la salle, le premier membre du jury me dit :

— Qui est ton parrain ?

Ils étaient six qui me faisaient face. Je ne comprenais pas la question. Son voisin a répété la question en martelant soigneusement les voyelles. La question était simple, mais le sens que sous-tend celle-ci l'était moins.

— Je n'en ai aucun. disais-je.

— D'accord. À l'année prochaine. concluait-il.

Je restais là tout ébahi.

— C'est tout monsieur. Ajoutait le voisin.

Je n'en croyais ni mes oreilles ni mes yeux. À peine une minute ! C'était le temps pris pour sceller mon destin. Je perdais ainsi mes illusions. Le système venait de me condamner sans avoir eu le temps de préalablement m'écouter. Après cet évènement, je manquais de courage pour annoncer cette nouvelle à ma mère. Était-ce réellement le manque de courage ? Non, je dirais plutôt, l'amour que j'avais pour elle m'empêchait de lui donner plus de chagrin qu'elle en avait déjà. J'avais peur qu'elle ne soit foudroyée par un AVC vu que c'était la maladie du siècle. Ah, mère ! Je te demande pardon. Donc, je n'avais pas eu le courage de dire à ma mère que je n'avais pas gagné le concours. Alors, je suis resté en ville errer. Je commençais par faire le clando pour survivre. Par contre, j'avais essayé d'autres examens même si mon cœur ne me parlait plus comme avant. La flamme ne brûlait plus assez, voire plus. Je désirais absolument devenir magistrat. C'était mon rêve le plus fou. Et rien au monde ne pouvait changer ça. La vie pouvait toutefois retarder la réalisation de celui-ci en m'orientant ailleurs, ce qui était vrai et absolu c'était que, mon rêve ne souffrait d'aucun doute.

J'avais essayé presque partout où je pouvais avoir accès, rien. Toutes ces structures n'avaient aucun emploi pour les jeunes, pour moi. Nous obligeant ainsi à démeurer dans la promuscuité. Cette situation me prit des années. Mais, je n'avais aucunement renoncé. Je m'engageais à fouiller un parrain. Mais par où commencer ? Comment faire ? Je passais mes journées dans une voiture, pas le temps de le chercher dans toute la capitale. Et puis, existe-t-il un marché pour trouver des parrains ? Et c'était quoi un parrain ? Quel était son prix ? J'avais entendu ce mot plusieurs fois dans les films italiens parlant de mafia. C'était quoi alors un parrain selon eux ?

Un jour, prenant mes aises dans un restaurant au centre-ville, j'avais suivi une conversation intéressante. Elle s'effectuait entre deux hommes qui se vantaient des relations qu'ils avaient dans tous les ministères. Pris mon courage à deux mains, je m'approchais lentement d'eux :

— Beau jour messieurs, excusez-moi. Pouvez-vous m'aider ? demandais-je.

C'était très audacieux de ma part. Ils m'ont dévisagé.

— Sans le vouloir, je vous ai écoutés. ajoutais-je.

— Et ? questionna l'un d'eux.

— Je voudrais quelques orientations.

Les deux hommes devaient avoir la trentaine. Je ne savais pas ce qu'ils faisaient là, car ils étaient apparemment bien vêtus pour un milieu pareil. Soudainement, celui situé à gauche se frotta la main et me demanda de lui exposer mon fameux problème. C'est ainsi que je fis la connaissance de Martin et de Paul. Ils travaillaient tous les deux dans un ministère de la ville, mais pouvaient m'aider si je le désirais intimement selon eux.

Peu de temps après, Martin m'invita chez lui.

J'y suis allé. Il était marié et avait deux enfants. Paul également, mais lui n'avait pas encore d'enfants.

Ce soir-là, nous étions tous les deux. Il me dit avec un ton majestueux :

— Laurent, je peux t'aider et bien plus encore. Mais en échange, je ne désire qu'une seule chose : te trifouiller.

Ma réaction est difficile à décrire. J'ai cru que j'avais mal entendu. C'est vrai que je n'étais pas si naïf. J'avais lu sur les réseaux sociaux, entendu à la radio... Bref je savais ce que ça sous-entendait. J'avais crié au scandale, à la malchance. Je n'avais pas compris comment j'étais sorti de chez lui ce jour-là. Je tremblais comme une plume sur le chemin du retour. Je n'avais jamais su qu'une chose pareille m'arriverait. Certes, l'histoire du parrain m'avait fait réfléchir, mais de là à penser ça, non et non mille fois. C'était incroyable. Je pleurais comme un gamin. Je m'étais rendu directement à l'église pour prier, me laver les oreilles. J'y avais été toute la nuit, jurant de changer de lieu. Plusieurs mois s'écoulaient. Martin et son acolyte constituaient le passé. Ma vie continuait dans ses nombreux périples. Je m'étais parfois laissé aller avec de nombreuses filles pour noyer mes chagrins. Dès fois, j'adorais la solitude ou, passer du temps avec une bonne bouteille de vin. Chaque jour, ma vie semblait être la même. C'était la routine disait-on chez nous. Je ne trouvais pas de compagnie dans la solitude.

Trois ans plus tard, j'avais retenté ma chance au concours de magistrat. J'obtenais une fois encore mon admission pour l'épreuve écrite. À dire vrai, j'appréhendais énormément l'orale. Est-ce que la scène vécue trois ans plus tôt allait se reproduire ? Là était la question à cent millions. J'étais prêt physiquement et psychologiquement.

Cette fois en salle, juste deux hommes me faisaient face. Ils avaient posé deux questions sur la chaude actualité du pays que j'avais brillamment répondu. Ils me dirent ensuite d'aller attendre le résultat. Ouf! Enfin réussi. Le sourire m'inondait intérieurement. Quand la dernière phrase me fit bondir de la chaise sur laquelle j'étais.

— On attend un mot de votre parrain.

J'avais ouvert grand les yeux. De qui encore me parlaient-ils ?

— Oui, oui. Je le lui dirai. Je lui demanderai de vous contacter. Répondais-je.

C'était en courant que je sortais de cet endroit infesté de mauvaises pensées. De l'eau inondait mes joues tout au long du chemin jusqu'à chez moi. L'histoire n'allait pas se répéter. Non! Je ne l'accepterais pas, sinon plus. Je me devais de prendre le taureau par les cornes. Comme téléguidé par je ne sais quoi, je me retrouvais devant le restaurant où j'avais rencontré Martin et Paul des années auparavant. Devant celui-ci, sa proposition tournait à fréquence régulière dans ma tête. C'était fou, oui. Je ne savais pas quel démon m'habitait à l'instant même, son numéro avait été lancé. Je croyais pourtant avoir supprimé ce dernier depuis longtemps. Il décrocha dès la première sonnerie. Et puis, il n'était pas du tout surpris. Je lui parlais du concours. Il me rassura. Toutefois, je savais bien ce que j'avais désormais à faire pour réussir. Il m'invita le soir même pour dîner.

J'étais perdu. J'étais désaxé. Je savais que ce que j'allais faire n'était pas bien, mais je me disais que cela ne serait juste qu'une fois. Une seule petite fois. Et puis, il suffira simplement de serrer les dents et ça ira. De toutes les façons, personne ne le saura. J'avais assez d'être ignoré.

Bien que nerveux, j'étais présent ce soir-là. Il me semblait plus joyeux. Les idées fusaient dans ma tête. Seigneur, qu'est-ce que je faisais à cet endroit fantasquement beau ? Où était passée mon éducation ? Alors, je me levais pour partir quand, suivant religieusement mes gestes, j'entendais :

— J'ai appelé le monsieur du concours. Disait Martin.

Je stoppais le mouvement net. Pour justifier son appel, il cita tous les noms des membres du jury inscrits sur la fiche de sélection.

— Ton nom est déjà sur la liste des futurs magistrats de ce pays. Félicitations monsieur le futur grand magistrat.

À ces mots, mon cœur battait tellement fort que je croyais qu'il allait s'arrêter. Quoi, c'était aussi simple que ça d'obtenir des choses quand ont avait un parrain ? Il présenta ladite liste avec toutes les signatures. Mon nom y était évidemment. Il figurait en sixième position.

— Cette liste sortira demain avant midi. Chacun doit d'abord confirmer son filleul. La balle est a priori dans ton camp. Il faut que tu remplisses déjà ta part du contrat cher Laurent. Lançait-il les bras grandement ouverts tout en esquissant un sourire de satisfaction. Le piège se renfermait tout doucement sur moi.

Ce qui s'était passé après reste une scène à jamais gravée dans ma mémoire. Il avait loué une chambre d'hôtel, luxueuse comme je n'en avais jamais vue. Je n'avais pas eu le temps d'apprécier le décor, car je me faisais déjà un film de ce qui allait se passer. La réceptionniste n'avait pas été surprise de voir deux hommes pour une chambre. Comme une jeune fille vierge, j'avais souffert le martyre (cette dernière phrase s'accompagnait du signe de la croix).

J'avais hurlé de douleur. Pour moi, c'était l'enfer sur terre. À chaque mouvement de va-et-vient, je pensais déjà à cette robe noire que je mettrais bientôt. Le film de ma vie passait en boucle comme une malédiction. C'était hallucinant et par moment effrayant. Il m'avait pourtant montré plusieurs gammes de lubrifiants, me rassurant que ce n'était juste que pour quelques minutes. Le temps que cela avait mis m'était inconnu, peut-être causé par l'exploit traumatique. Après ce forfait historique, me lever était un enfer. Que dire de marcher ? Martin m'avait remis cinq cent mille francs pour mon taxi.

Dans ma chambre minable, je ne pouvais m'asseoir, car mon postérieur me semblait en feu, pire encore brûlé. J'avais même fait bouillir de l'eau pour un bain de siège, mais toutes ces stratégies ayant jadis fait leurs preuves semblaient dérisoires. La douleur était toujours-là, bien présent et qui plus est forte. Je croyais être un mort vivant. Bon Dieu, comme j'avais mal ! J'appelais Martin pour me plaindre du supplice. Il m'envoya cent cinquante mille francs pour l'achat d'un antalgique. « Ça ira », me rassurait-il. Même avec, la douleur était toujours aussi persistante et parfois bien plus menaçante.

Deux jours durant, j'étais resté cloîtré dans ma chambre. Martin m'appelait. Il voulait se rassurer que j'allais bien. Il m'envoya encore quatre cent mille francs pour certains besoins primaires. Je n'avais jamais eu autant d'argent en si peu de temps. C'était génial, me disais-je. Sauf que cette douleur était capable de tuer un éléphant adulte.

Quatre jours plus tard, j'étais admis à la prestigieuse école des magistrats. Martin m'appela pour me féliciter. Il voulait qu'on fête l'événement. Je ne pouvais guère dire non. Soudainement, on allait encore dans une chambre. Cette nuit me parut différente à bien des égards. Toutefois douloureuse. Il me remit neuf cent cinquante mille francs pour les petites dépenses et surtout, pour les costumes de l'école. C'était ainsi que j'étais devenu l'amant entretenu d'un homme, de Martin. Il prenait soin de moi. Intervenait au moindre désir et besoin. Il m'invitait même parfois chez lui en présence de sa femme et de ses enfants. Il disait que j'étais une relation de travail. Parlait du bien de moi à sa femme. Les enfants et moi étions devenus de bons amis. Ah ! S'ils pouvaient seulement savoir. Si, un seul instant, elle pouvait imaginer la véritable relation qui nous lie...

L'argent. J'en avais à profusion. J'en envoyais à ma pauvre mère au village qui croyait que j'avais depuis longtemps commencé un boulot après l'école. J'avais appris plus tard que Paul était lui aussi l'amant de Martin. C'était lui que je remplaçais. Il voulait absolument que je quitte Martin, car « à cause de toi, mon amour Martin m'a oublié » disait-il. « Il ne m'appelle plus, ne m'écrit plus. Il ne me régarde plus. À cause de toi, je passe des nuitées seule et insomniaque. Je te déteste, espèce de petite pute ! Pétasse ! » Il était arrivé même jusqu'au point de me menacer de mort. Être négligé n'est pas toujours chose facile quand on avait jadis été le plus aimé. Le pire, c'est quand notre train de vie chute prématurément. Les fous rires, les yeux écarquillés des parents, les paroles des pseudos amis et connaissances agissent comme des flèches empoisonnées sur toi.

Le plus important était que tout allait bien de mon côté. À l'école, j'excellais comme d'habitude. J'avais promis tout arrêter à la fin de ma formation. Je savais que ce ne serait pas aussi simple puisque j'étais déjà plongé dedans jusqu'au cou. Je côtoyais désormais tous les hommes qui étaient dans ce cercle-là. Là-bas, je rencontrais plusieurs têtes importantes de ce pays : des présidents, des ministres, des hauts cadres du pays ou directeurs généraux, des hommes habillés, la partie civile, des professeurs, des petits fonctionnaires, des commerçants, des influenceurs, des coachs, des personnalités dont je n'aurais jamais espéré rencontrer même en rêve. Ces hommes étaient mariés, avaient des femmes et surtout des enfants. Dehors, ils se faisaient passer pour des hommes responsables et le pire était qu'ils occupaient des postes importants dans plusieurs ministères et autres domaines de vie de notre nation.

J'ai été approché par plusieurs. L'un d'eux m'avait même offert un véhicule de marque. Martin avait tout de suite piqué une crise de jalousie. Il était entré dans une rage tellement folle. Il voulait l'exclusivité, je crois. J'étais sa propriété. Personne ne devait donc m'avoir. Même les femmes, j'avais arrêté de draguer sur ordre de ce dernier. Lui, et lui seul pouvait me toucher. J'étais sa chose, son machin, laissait-il parfois échapper dans sa colère.

Cauchemar ! C'était arrivé une matinée ensoleillée. Nous étions en plein cours. Puis soudain, j'eus comme une sensation de relâchement. Mon bas était entièrement inondé me donnant l'impression que, je venais de me faire les selles dessus. Conscient de ce qui m'arrivait, je restais figé de peur quand l'odeur qui commençait à se dégager me fit couler des sueurs froides. Personne ne semblait s'occuper de moi. J'étais paralysé. Pétrifié jusqu'à la fin dudit cours. Aussitôt l'enseignant sorti, je me faufilais directement aux toilettes. Ce que je craignais était bien arrivée. Mon anus venait de lâcher. En pleurant, j'appelais Martin. Il me rassura et appela directement le médecin spécial de la loge qui me prescrivit des médicaments. Selon lui, je devais porter des couches jetables. Là, c'était la période la plus humiliante de ma vie. Je croyais déjà avoir touché le fond. Bon Dieu ! Comme je regrette ces bons moments jadis passés puisque, malgré tout le confort qui m'entourait, je pleurais désormais seul la nuit.

Peu de temps après, mon parchemin était là. Mais, à quel prix ? Ma famille venue m'acclamer était implacablement joyeuse. Ma mère croyait que j'étais retourné à l'école pour avoir un niveau supérieur. Elle était même arrivée avec une jeune fille du village. C'était le comble. Tout de suite, je prétextais que je n'étais pas encore prêt pour le mariage. Ma carrière était en construction et donc, je ne saurais prendre soin de quelqu'un.

Grâce aux relations de Martin, j'avais été affecté en ville. Mon problème d'anus n'avait toujours pas été résolu. Mais, Martin insistait toujours pour avoir ses rapports. « Sa dose, son médicament » disait-il. J'étais las de cette vie de souffrance. Mais que devais-je faire? Comment retourner en arrière? J'aimerais tant me reconcentrer sur mon activité de clandoman. Revivre mes nuits ivres. Contempler cette vie de pourriture, mais avec la santé. Se complaire dans la simplicité et avancer sagement, à son rythme. Oui, je n'en serais pas là aujourd'hui. Martin me donnait tout. Mais il m'avait également tout pris. Il avait pris ma vie, mon espoir, ma famille. Je n'étais devenu personne. Si, un homme superficiel, un être apparent. Ohhh! Au nom de mon rêve et de mes convictions, j'avais fait du n'importe quoi, voué ma vie à l'échec!

Mon sphincter anal avait lâché. Malgré toutes les sutures, rien ne fonctionnait plus comme avant. J'avais pris tous les médicaments, même été au bloc opératoire, mais rien. Je devais utiliser un déodorant spécial pour chasser les odeurs. Mais, malgré le parfum et tous les artifices, les mouches savaient vraiment ce qui se passait. Elles ne manquaient pas à me le rappeler quelques fois en public.

Bien enfui dans l'illusion de la santé, personne ne pouvait imaginer que j'étais une pourriture ambulante à l'intérieur. Les femmes me voulaient, elles me désiraient avec force et détermination. C'était une réalité difficile à vivre.

Mon appartement, bien qu'ayant des meubles high-tech, ne me procurait plus aucun plaisir. Je m'ennuyais de ma vie. Non, je la détestais. Je ne voulais simplement que récupérer mon ancienne vie. J'étais même retourné à l'église. Allant jusqu'à pratiquer le culte de la confession. Mais il se faisait déjà tard. Trop tard. Mon derrière avait déjà trop souffert.

Quelque temps avant, j'étais allé en examen, puis au culte. Ce jour-là, à la sortie de l'église, les médecins appelèrent. Ils avaient diagnostiqué un cancer du rectum en phase terminale. J'avais crié aux sorciers, tempêté. Après, tempéré un instant. Alors, bien calme, je lançais un appel, c'était le numéro de Martin. Il sonna un bon moment sans résultat. Oui, Martin ne répondait plus au téléphone, il m'avait assurément déjà remplacé par quelqu'un de bien portant. Quelle importance encore pour moi !

Ma mère était toujours présente à mes côtés. Je jouais bien le jeu dès l'instant où elle n'avait jamais rien su. Ahhh, pauvre maman, si tu pouvais savoir ! C'est vrai, il est important de poursuivre son rêve, mais il est encore plus raisonnable de conserver ses valeurs morales et de ne pas s'égarer sur la voie des chimères. Maintenant, il est bien trop tard du moment que ma vie n'a été que la vérité de la réalité de l'illusion. Sur l'autel d'un rêve, j'ai perdu ma personnalité. Peu de temps après, le sentier des oubliés m'appela. C'est pourquoi je suis ici aujourd'hui.

Je m'appelle Laurent Christ Musonda, là vous a été contée une histoire, celle de ma mésirable vie. Ma vie de chien puant.

Dans cette tendance rituélique, la ronde se vidait et Félix Nguéma tremblait comme une plume. C'était quoi réellement son histoire ? Était-il déjà mort ? Plus les silhouettes disparaissaient, plus la peur emplissait son cœur et cela était visible des yeux du maître. Alors, il aspergea Félix Nguéma d'une eau sortie de nulle part afin de le renvoyer dans son monde parce que, son histoire ne faisait que commencer. Mais avant qu'il ne disparaisse, il lui dit :

— Lorsque le peuple souffre, c'est vraiment le silence des hommes bien qui le tue. Mais la branche ne se cassera pas (en hochant la tête). À force d'être mené en bateau, on finit forcément par avoir le mal de mer. Assez de cette lumière triste. Cette histoire falsifiée vous met en arrière. Ces gestes calculés vous rabaissent. Ghônè manù. Avant, on était fier. Aujourd'hui, je ressens des gravures de blessures sur mon corps, perdant petitement sa vitalité d'antan. Mais par-delà ces blessures, j'ai vu conter la vérité. Alors, parle, parle ! Parle et libère-toi ! Oui, purge-toi de ce mal qui te ronge ! Informe le peuple et panse-le de ses profondes blessures ! La vie ! La vie est une grosse plaie béante et seul toi, représentant de cette jeunesse forte peut la soigner. Assurément avec l'aide de ces quelques anciens encore animés par cet implacable sentiment de fierté. Une grande partie de cette vieillesse est dorénavant folle. Son intelligence n'est représentée que par sa capacité à vérifier les profondeurs des grottes sombres. Itsayé tsayé !

— Tsayé ! acquiesçait la foule.

— Nane ! Vous êtes retardés par un chargement. Votre présent fardeau est trop lourd pour vos petites épaules. Libérez-vous ! Soyez libre comme un Lembanakoyi. Lui, il épouse la couleur qui l'entoure, non pas pour la détruire, mais plutôt pour la comprendre afin d'apporter des changements considérables. Ne tourne surtout pas le dos à la raison. Écoute-la. Entends et accorde-toi avec la petite voix qui parle en toi. Ôku na bwèdi ! Écoute (il tend l'oreille). Écoute deux fois plus que tu ne parles ! Sache que quand on ne sait réellement pas ce qu'on cherche, on ne comprend pas, non plus, ce qu'on trouve. Et lorsqu'on s'aventure un peu trop loin là-bas, dans les profondeurs de la nuit, on finit par ne plus maîtriser ce qui nous arrive.

Le monde est un vaste chantier en perpétuel construction. Dans lequel, chacun voudrait uniquement construire son avenir. Perdu dans la nuit nocive de l'ambition, l'on ne voit pas le mal venir. À peine arrivé dans ce lieu de façade, il transforme déjà le monde en un immense champ de bataille dont chaque humain est conduit par un désir cruel, celui d'être le baron. Au lieu de se soutenir, les hautes tailles marchent sur les petites afin de vendre leurs rêves jusqu'à l'horizon. Pourquoi érigez-vous entre vous ce grand mur ? En vérité je vous le dis, sur cette route, votre avenir promet le sang du prochain : mettant alors sous-scellées, l'avènement d'un Amour futur. En si mauvais chemin, votre condition est semblable à celle d'un chien : le mugheghi.

Et pire, les Africains s'entretuent entre eux voulant prouver de la grandeur des uns sur les autres pour protéger leurs rapports vis-à-vis des occidentaux. Oubliant qu'aucun pays africain n'a colonisé un autre. Aux noms de leurs ancêtres communs, ils tous frères Gnambi Tate. Et encore, ignorant qu'il n'existe aucun pays créé supérieur à un autre. On le devient par la force de son travail, de ses ruses et bien plus encore, par celle de sa puissance d'habitants au kilomètre. Pas besoin d'aller à la conquête des autres nations, le respect s'imposera par lui-même. Maintenant, vois et constate de toi-même l'imbécilité de tes semblables.

Il lança une poudre couleur arc-en-ciel sur le feu qui soudainement devint un écran. On pouvait voir des Africains massacrer les autres à coup de bâtons, de pilons, de machettes, de haches, de pioches, de fusils, etc. On pouvait également s'indigner de ces flammes mangeant avec une gourmandise accrue les corps de plusieurs hommes. De partout, des commerces ravagés par les experts mangeurs sinon, vandalisés. Il cracha et fit le même geste pour remettre la flamme précédente.

— Oh Afrika ! Afrika ! Afrika, que deviens-tu ? Est-ce que les enfants de maman Afrika sont-ils ainsi devenus tous fous ? S'indignait le maître avec le regard perdu et désespéré.

— Je ne te reconnais pas. Je ne te reconnais plus. (Le regard tourné vers Felix Nguéma, il ajoutait avec force…) Alors très cher fils, regarde ! Observe bien ! Crois en toi ! Et là, seulement là, l'obscurité deviendra clarté. Sache que la tromperie est un masque de verre et la vérité marche avec la main sur le cœur. Bénis les dieux de tes ancêtres et écoute la voix presque silencieuse de ton cœur ! Écoute bien. Écoute mieux. (Il tendit l'oreille et le vent, comme par magie, transportait une mélodie mystique…)

Décolonisez vos esprits et changez vos mentalités. Ne considérez plus les écrits qui vous cachent la vérité. ***L'homme est une barque pilotée par les astres. Parodie le***

*Soleil afin que tes rêves voient le jour. Enfant du Soleil, oublié cet avoir. Ne tourne pas le dos à ce que tu es. Ne regarde pas la Lune* qui éteint la nuitée avec charme charisme, elle ne dure pas à s'évaporer, à s'éclipser comme la gazelle, rapide, poursuivie par un chasseur. Crois en toi et ta lumière jaillira ! L'indigène indigné doit se lancer désormais à la quête de sa lignée pour que l'indigène éclairé ne fasse plus les bêtises du passé. Ne cause pas de faute à ta vertu. Soulage-là plutôt. Va ! Retrouve la vie d'en bas avec son oralité. Mais n'oublie pas ! Surtout n'oublie jamais de le leur dire. Oui fils, dis-leur ! Dis-leur que *la bouche est le messager du cœur et l'oralité : le pinceau du Créateur.*

# Livre 4

Le gouvernement bouge
Le gouvernement agit
Il travaille
Il pose des actes

Tous les ministères ont apporté des réformes
Et on voit des changements fermes
Les exécutants s'appliquent à l'ouvrage
Tout dans leurs gestes n'est que rouage

Un trouble constant de notre vision
On pressent déjà le tremblement
On observe l'évolution
Le pessimisme est rapidement présent

Et l'optimisme n'est qu'illusion
Cruellement incompétents,
Ils s'en pressent dans l'amassement
Leurs agissements sont pleins d'égoïsme
Et cela inondent d'absence

Après le conseil des minus
Le gouvernement expose la pauvreté à minuit
En conclusion de son action cruelle
Le mépris de sa nudité intellectuelle
A-t-on touché le fond ?

La Plume De L'Esprit

***************

Félix Nguéma Ndong n'était qu'un simple manœuvre à Ndem malgré sa fonction d'ingénieur en informatique. Son statut et ses qualifications n'étaient pas pris à leur juste valeur pour de multiples raisons.

« À Ndem, l'homosexualité féminine ou masculine est vue comme une autre forme normale de sexualité. De même que pour l'hétérosexualité, l'attirance envers les personnes de même sexe est avant tout, et surtout une question d'affectivité, de sentimentalité, de recherche de sécurité et non une question de sexe dans l'immédiat. Ce genre de relation n'avait rien d'anormal, et tout être humain a le droit de se lier d'amitié avec autrui, qui qu'il soit. Cette pratique rationalise l'esprit des gens et leur fait voir des choses sous un autre angle parlant du sentiment et de l'amour. » Lançaient plusieurs personnes qui avaient en partage ladite conception.

Cependant, il n'approuvait pas cette vision des « relations humaines » quoique conscient de nombreux avantages dont lesdits membres étaient bénéficiaires. La popularité ; les nouvelles rencontres avec de nouvelles personnalités ; l'accès à bon nombre de statuts privilégiés étaient le point d'ordre pour quiconque appartenait à cette caste. En plus de cela, c'était la tendance de l'heure, du jour, du mois de l'année même de cette maudite époque. Jusque-là, Felix ne se laissait guère influencer par tout ce simulacre. Mais, est-ce que cela devait-il encore longtemps demeurer ainsi ? Il se contentait du maigre salaire de ses efforts et s'investissait, du moins, à le mener à bien. « Tu mangeras à la sueur de tes efforts » aimait-il à se le rappeler.

Bien que les années passantes malgré son brillant travail, son statut de simple employé restait fixe, standard, sans aucune possibilité de changement, donc, il ne connaissait point d'évolution. Les portes du bonheur se fermaient toujours à son approche. On eût dit qu'il était en perpétuelle recherche de l'horizon, ce lieu bien connu pour son caractère utopique, mais empli d'espoir. Ce privilège lui était conditionné par l'obtention du parrain, d'un parrain. Et surtout par le rejet catégorique de ce qui le définissait, sa personnalité, son identité. Et puis quoi encore ?

Tout le temps, l'hôpital demandait que faire de celle-ci, sa mère.

— Allô monsieur Nguéma Ndong ?

— Allô, oui.

— Beau jour, c'est l'hôpital dans lequel votre très chère mère est en attente de soins. Nous souhaitons savoir quelle position adopter ?

Il ferma les yeux, leva la tête vers le ciel pour crier sa peine, pour laisser toute sa souffrance au Seigneur Dieu tout puissant son Père. Il pleura de toutes ses larmes dans un silence de tombe, un silence d'outre-tombe. Il respirait maintenant par à-coups. La puissance de ses expirations laissait échapper un son l'autre côté du fils. Le cœur se pinça et le corps fut inondé de chair de poule. Non ! Assurément de chair de coq. Il ne disait aucun mot. De l'autre côté de l'écouteur, il pouvait, de temps en temps, au fil de la respiration, recevoir une décharge d'air. Une petite larme droite sortit de l'œil de Félix, et acheva sa course sur le pied du même côté.

— Nous manquons désormais de calmants, et même avec ceux-ci, son état n'est toujours pas stable. Cette instabilité peut entraîner des dangers que nous pouvons encore éviter. Ajoutait le délégué de l'hôpital.

Son cœur battait la chamade. Il transpirait à grosses gouttes. Non, il baignait de sueur. Son corps entier vibrait telle une marmite au creux d'un volcan en ébullition. Un de ses yeux laissait encore échapper une larme, cette fois, du côté gauche. Et comme la précédente, cette dernière s'écroula sur son pied du même côté.

— Nous comprenons vos difficultés à obtenir les fonds nécessaires pour les soins. Toutefois, sans cela, nous ne pouvons pas acheter les éléments indispensables pour son bien-être. Les charges de l'hôpital s'alour-dissent de jour en jour et l'État nous délaisse. Nous n'avons plus été approvisionnés depuis plusieurs mois. Et bientôt, nous ne pourrons plus supporter les lits de plusieurs patients. Malheureusement, celui de votre mère ne serait pas épargné. La personne qui a donné les frais de son hospitalisation ne s'y engage plus.

Le corps de Félix Nguéma — sous un soleil de plomb — devint soudainement froid. Comme si le vent du pôle Nord s'abattait sans précédent uniquement sur lui. Il grimaça instinctivement de fraîcheur. Il voulut dire quelque chose, mais aucun son ne se fit entendre. La voix chuta dans sa bouche et entre ses dents. Le vent glacial soufflait encore de plus belle. Il grimaça à nouveau suivi d'un gémissement — humm —. Les frissons tendirent ses cheveux comme les piques d'un porc-épic à la défensive. Là, les yeux bien rouges et écarquillés comme un hibou qui guette le bal des sorciers, il ne put contenir son mal. Deux larmes s'échappèrent et terminèrent chacune sur un des pieds de l'homme.

— Nous sommes sincèrement navrés, mais sachez que nous sommes dans l'incapacité d'assurer ces frais. Nous tournons avec les moyens de bord dorénavant.

Il ferma les yeux, le mal empoigna son cœur comme d'un ascendant... Il fut pris de vertige. La planète, dans sa tête, était en attaque, en déséquilibre.

— Nous sommes désolés. Sincèrement désolés, croyez-nous. Mais, nous ne pouvons plus, pour longtemps, assurer ses soins dans de telles conditions. ajoutait-il.

La pression des battements de son cœur doublait, triplait, quadruplait, voire plus. Sa tension avoisinait la rupture. La crise cardiaque. Le pèlerinage éternel.

— Nous vous accordons, pour cette fois, un délai maximum d'un mois. Dépassé celui-ci, elle ne sera plus admise dans notre structure sanitaire. Alors, vous serez responsable du reste. Sinon, apportez les fonds nécessaires avant pour le bien-être de cette gentille femme. La balle est maintenant dans votre camp.

Puisse Dieu vous aider ! Au revoir monsieur Nguéma Ndong.

Le délégué raccrocha. Félix Nguéma regardait son téléphone avec dégoût. Il tituba un court instant tel un ivre mort. Oui, il était mort et foutu. Vraiment mort, et foutu. Bien mort, et bien foutu. Deux larmes sortirent à nouveau de ses yeux, cette fois échouèrent directement au sol sans tarder à s'évanouir dans le silence accusateur de la poussière.

Il observa la terre, ce lieu où, sans aucun bruit ni effort, allait cette substance sortie de son corps attristé. Le vent soufflait, et l'air au contact de sa peau se remplissait d'une chaleur fraîche. Il vit comme le temps faire un grand bond. Il leva le regard. Là, il constata le ciel se dégager. Les nuages capricieux se retirèrent sans grands frottements. Dès lors, la température qui longtemps était élevée chuta soudainement. Le concert des nuages couleur fraîcheur emprisonnait le ciel dans un étau particulier, une étreinte serrée de catcheur expérimenté.

Le vent se leva en sursaut. Pris de colère, il souffla de tout son ventre, et de toutes ses forces. On vit les arbres saluer sa toute-puissance. Puis, ils s'inclinèrent en marquant le pas sur un rythme envoutant, et ensorcelant.

Dans un geste lent pour les plus forts et brutal pour les autres, on apercevait des torsions involontaires du cou avec inclinaison de la tête y compris accompagnée de sensations douloureuses dans les muscles.

> *Les*
> *Arbres*
> *Les arbres criaient*
> *Les arbres priaient*
> *Les arbres se pliaient*
> *Les arbres pleuraient*
> *Les arbres insultaient*
> *Les arbres craquaient*
> *Les arbres suppliaient*
> *Les arbres maudissaient*

Ils maudissaient ce grand maître sans pitié. Ce tout haineux insensible. Oui, la colère du vent n'épargnait que les plus solides. Les arbres se déracinaient comme n'ayant jamais eu de racines. Se jetaient comme sans robustesse. Ceux qui avaient su ancrer profondément leurs pieds dans la terre, mais sans force sur le corps se voyaient décapiter, découronner. Et pour les plus solides, les anciens surtout, les boudeurs à l'appel du vieux maître, ils constataient des cheveux en moins sur leurs têtes. «Plus de peur que de mal», disaient-ils.

Le grand arbre riait des petits orgueilleux. Ceux-là mêmes qui n'avaient plus tous leurs corps. Leurs paroles se faisaient silence. On pouvait entendre sarcastiques, expression même du rejet des Silences de la contestation.

Apathie plutôt. En panne. Timorés. La peur et la honte dans les ventres, ils se réclamaient et se proclamaient intérieurement phénix. «Nous prendrons notre revanche!» ajoutaient-ils.

Rire fabuleux du géant.

— Êtes-vous maintenant prêts à prendre des leçons? Il faut scruter le vent. Examiner avec une grande attention, pour découvrir ce qui est caché. Sonder les secrets des vents afin de danser au rythme de ceux-ci. Ce n'est qu'à ce titre que vous vieillirez comme moi.

Seulement, la jeunesse est orgueilleuse, elle ne fait qu'à sa tête. Elle parle plus qu'elle n'observe. Elle agit, réagit, accomplit des actes sans grande réflexion. Et, les conséquences sont fatales, dévastatrices. Cette génération aime la vitesse. Elle grandit vite, fait rapidement des choses dont, hier encore, il nous fallait plusieurs années de préparation… À dire vrai, elle oublie le plus important : **Qui va lentement va sûrement**. C'est pourquoi vous finissez toujours par vous casser le visage, et de sortir : les pieds devants.

Il est vrai que la vie va désormais trop vite. Cependant, il ne faut pas refuser de murir sa personne afin de mieux affronter les difficultés de celle-ci. Là est la clef de votre succès prochain. Soyez les vrais moniteurs de votre permis de conduire votre histoire. Soyez responsable pour une structure plus fiable et bien plus encore durable, mes enfants !

Du haut de la cime du géant, un oiseau grimaçait sous un plumage envoutant : Rouge — Blanc — Noir ; Vert — Jaune — Bleu. Ces couleurs lui donnaient des allures ensorcelantes. On eut dit que celui-ci faisait des incantations. Le grand arbre lui offrait sans trop d'efforts ses bras largement tendus de part et d'autre en guise d'amitié.

Alors, comme en artiste qualifié, il occupait

l'espace. Il allait de branche en branche comme pour vérifier la dimension des planches. Il ouvrait, à chaque fois, grand ses ailes pour montrer la splendeur de sa beauté aux autres oiseaux qui voulaient le défier dans une danse particulière.

Pour dévoiler l'échelle de son talent, il se présenta d'abord devant les autres comme étant le POR — Le Petit Oiseau Rebelle. Le POR revient tout droit des tréfonds de la mythique forêt des abeilles. Course-poursuite effrénée, passion déchaînée par le Phacochère et sa légion des criquets, le POR disait tout haut ce que les autres pensaient tout bas. Celui qui chantait quand cela lui avait été interdit. Il avait non seulement la capacité d'interpréter des chansons d'artistes différents conformément à ses nombreux voyages entre plusieurs mondes, mais aussi, de créer ses propres titres et même, lire des textes de tous genres. Il pouvait tout aussi raconter des histoires de ce monde. Le POR, un être sans pareil —.

Un vent léger venait se confondre au plumage de celui-ci. Les ailes se redressèrent tout en laissant le désir d'un vol, l'impression d'un départ. Il se faisait désirer. Et là, cette union à brûle-pourpoint ressortit des sons. Ceux-ci se répercutèrent sur Félix Nguéma telle une intensité de possibilités. Ce champ de possibilités ne se résumait qu'à un seul mot : musique. Les nombreux sons inspiraient des pas de danse, ils devenaient un ravissement musical. Un, deux, trois… Un ton. Un rythme. Un style. Musique qui peu à peu se transformait en quelque chose d'audible. Elle se convertissait en quelques sons perceptibles, nets.

Les paroles chantées de l'artiste Soprano dans

son titre « Je serai là » perçaient le ciel qui répondait avec des éclairs pourtant sous un temps des plus doux au monde. La tension était au balcon et le plaisir… le plaisir de notre POR s'intensifiait jusqu'à devenir ineffable. Il cracha d'un air subliminal le verbe venu des terres lointaines… Les impressions qu'imprimaient en lui ce corps musical non seulement le tétanisaient, mais aussi, ne rentraient pas seulement par son ouïe… C'était son être entier qui les recevait comme d'une folie. Envoutement.

Sous un ciel sans rides, près d'un bouquet de palmiers, Félix Nguéma se vida. Puis, les paroles du maître chanteur enchâssèrent dans son corps le regret. La raison se fit mutation. Maintenant, maintenant que tout semblait prendre fin, maintenant que son corps palpitait au rythme de la réflexion, maintenant que tout était en extrême accélération, maintenant… une réponse naissait. Laquelle ? Et pourquoi cela seulement maintenant ? Pourquoi lui, seulement à lui ? La vie était une femme belle, mais capricieuse. Le POR dans un rythme de mélomane, crachait encore sur la vie par ces mots du titre *Poè Poè* du slameur Khery Seshet3w Le Gardien Des Mystères :

*Quelques fois c'est*
*Dans les cicatrices de sa peau même*
*Que Poè poète puise ses poèmes*
*Il faut même*
*Que je vous dise que sa pomme s'est*
*Condamnée à dire :*
*Hotep,*

*Hotep pour que l'amour se partage*
*Oh Thèbes,*
*Oh Thèbes*
*Peut-on vraiment avoir le sourire*
*Lorsque les siens ne savent que conjuguer le verbe,*
*souffrir*
*Ah ! Je souffre*
*Comme le petit oiseau gris Poè Poè*
*S'est fait perroquet des murmures des siens*
*Poè Poète parle*
*Parle pour ceux qui à force de parler par milliers*
*Furent mutilés*
*Et ont fini muet*

Le silence régnait et les arbres se faisaient specta-teurs de ce moment historique. Il reprit sa posture et ajouta :

*Poè poète réclame,*
*Réclame pour ceux qui ont tellement réclamé*
*Que désormais ils veulent oublier*
*Qu'entre leurs mains,*
*Il n'y a toujours rien*
*Oublier,*
*Oublier, murmurent-ils : oublier !*
*Mais que nous on oublie*
*Ce mal, dites-leur que ça,*
*Ils peuvent oublier*
*Le petit oiseau gris chante*
*Il chante : Poè Poè.*

Le vent soufflait légèrement quand, les murmures du silence transportaient ce morceau de musique à des fréquences régulières :

*Poè Poè*
*Hum Poè Poè*
*Hum Poè Poè*
*Poèèèèèèèèèè*

*Poè Poè*
*Hum Poè Poè*
*Hum Poè Poè*
*Hum huuuuum*

*Poè Poè*
*Contre les aigris*
*Poè Poè*
*Contre les ingrats*
*Poè Poè*
*Contre nos digressions*
*Poè Poè*
*Contre nos disgrâces*
*Poè Poè regarde*

*Poè Poè regrette*
*Les combattants d'hier*
*Parti avant l'heure*
*Poè Poète écrit en vers*
*Pour que la réalité*
*Et la vérité*

*Dans ses écrits se reflètent*
*Au fait*
*Ne lui demande pas de plaire,*
*Il ne saurait pas le faire*
*Éblouir les dames : ntup ntup ntup*

*Il y'a longtemps que dans son cœur,*
*Les mots à l'eau de rose ont tari*
*Depuis qu'ici chez nous,*
*On préfère avoir la carie*
*Plutôt que le ventre vide*

*Rions, riez*
*Mesdames,*
*Mesdemoiselles*
*Et messieurs :*
*Rions, riez, riez,*

*Oui rions, rions,*
*Rions, rions, riez,*
*Riez, rions, rions,*
*Rions, riez, riez, riez*
*Rions, rions, rions*

*Demain*
*Oui demain*
*Demain les réveils seront pénibles*
*Et les désillusions immenses*
*Demain*
*Oui demain*
*Demain la vie sera moins drôle*
*Quand pour toi ma sœur tes diplômes*

*Sur la table n'auront pas plus de poids*
*Que tes gracieuses formes*

*Quand pour toi mon frère,*
*La clef de ta réussite*
*Sera une pièce à même le sol*

*La vie sera moins drôle*
*Quand vos voix dans l'urne seront muettes*
*Quand vos enfants battront le pavé*
*Mendiant l'éducation*
*Comme on mendie le pain*

Il garda un moment de silence afin que les oreilles soient bien disposées pour la suite. Quand il les sentit bien prêtes, il continua :

*Quand la réalité de ce système te fera face*
*Tu sauras que la source*
*De tout ce mal est un caméléon*
*Qui d'âge en âge*
*Change simplement de visage*

*C'est triste à dire*
*Mais, même dans nos plus beaux habits*
*La pauvreté nous dévisage*
*Et nous rappelle*
*Qu'on vient de ces taudis*

*Pause,*

*Play,*
*Je ne devrais peut-être pas tout dire*

*Et puis,*
*Tant pis,*
*Tant pis*

*N'est-ce pas à cause*
*De nos mille et un silences*
*Que depuis ici le mal s'accentue*

*D'ailleurs c'est chose sue :*
*Que le pire, c'est le silence*
*C'est le silence des gens bien qui tue*

*Alors, si toi aussi,*
*Oui, si toi aussi*
*Il pleut sur tes joues*
*Arrête-toi par moment,*
*Imite le perroquet et chante*

*Poè poè,*
*Poè poè,*
*pour que le peuple se souvienne*
*Et que vive toujours le Poè Poète*

— Drôle de situation ! Drôle d'existence !
disait-il à haute voix comme dans un délire. Oh vie
bafitinique ! Un fils incapable de soigner le seul être
qui lui reste et qui l'a nourri au péril de sa vie.
*Si la chance te manque*
*J'irai fouiller le ciel*

*Pour t'offrir une étoile filante*
*Pour toi l'impossible je le ferai*
*Toi mon plus beau trophée*

Ahhh! Vie de merde! Je crie ma peine au ciel, il piaffa.

— Un silence étranglant. Disait l'autre lui. La vérité n'est pas violente, mais elle a tout d'une mer en impétuosité, secouant les plages souillées de l'existence humaine. Elle blesse aussi promptement qu'un bistouri imbibé de sang d'un crime, le crime. Regarde! Vois! Observe et prends le parti de la vérité! Ta vie. Ton caractère originel. Réfléchis! Réfléchis mieux s'il te plaît! Aiguise bien plus ta conscience. Embrasse la raison.

— Ta gueule! Ahhh la conscience! Ajoutait le Troisième lui. Le tribunal de la raison (avec mépris). Un lieu sans fenêtres pour respirer. Pas de tabouret. Pas de lit pour déposer ses vieux os. Debout, ça démange! À même le sol, ça use les méninges et déstabilise le métabolisme. Et qui plus est, un lieu hermétique. Les souvenirs! Tiens donc!

— Laisse-moi le dire, s'il te plaît ! Laisse-moi… Demandait le Deuxième lui.

— C'est mon idée! Rétorquait le Troisième lui.

— (Tout triste) Oui, mais…

— Il n'y a pas de mais qui tienne. Précisait sèchement le Troisième lui.

— Et si je prenais la parole? disait Félix Nguéma.

— Non! répondaient-ils en concert.

— Les souvenirs sont la banque de données, le

coffre-fort de la vie, la mémoire de la raison. Celle-ci — la raison — est en réalité, nous le savons très bien, le plus vieil ennemi de la folie. Les souvenirs sont de petites brutes comme le sont d'ailleurs l'espèce appelée les enfants — rire extravagant —. Disait le Troisième lui.

— Pouvons-nous vivre sans mémoire ? Interrogeait le Premier.

— Ce sont les souvenirs qui sauvegardent notre raison. Continuait le Troisième. Donc, vous tuez les souvenirs, vous tuez la raison elle-même. Et puis, nous ne sommes pas tenus à l'équilibre mental, il n'y a pas de contrat de vie allant dans ce sens. Oui, aucun contrat. Zéro contrat. Le choix de la folie nous appartient. Il t'appartient Premier. Lorsque vous vous tenez enchaîné à un torrent de pensées malveillantes, et inavouables aspiré par un passé où les cris d'horreur et de souffrance sont inévitables, souvenez-vous, souviens-toi toujours de ça Premier : la folie est votre ami, ton ami. Vous faites un petit pas, vous fermez la porte à toutes ces vilaines choses, ces choses laides qui vous encombrent. Vous les enfermez ! Enfermez-les ! Toi Premier, tu les enfermes dans un placard secret pour toujours. Quitte à toi de jeter, jeter la clef loin. Très loin. Loin là-bas vers le chemin du non-retour. Tu n'es pas le seul à avoir jadis eu ce sentiment de protection de l'autre, protection des tiens, et même de la nation. Mon cul oui! Ce patriotisme-là. Un patriotisme débordant. Ah! Imbécilité narrative. Patriote! Quel mot vide ! Quel vain mot, trois doigts au ciel !

Il cracha. Salive gluante. Un tas. Oui, un tas d'une

couleur tendant au mariage du rouge et du noir. Une odeur nauséabonde, donnant du vertige aux passants.

— Je suis prêt à donner ma vie pour celle qui m'est le plus précieux, car si l'on n'a personne pour qui mourir, on n'a pas de raison de vivre. Lançait Félix Nguéma malgré l'interdiction.

— Oui, mais on n'a pas plus de raison de vivre si on ne prend pas le temps nécessaire pour apprécier la vie. Sois raisonnable. Précisait le Deuxième lui.

— Nous, avant toi. Tiens donc ! Que dis-je ! Bon nombre avant toi l'ont eu. Nous tous l'avons eu. La question est : où sommes-nous allés avec ça ? Où en sommes-nous maintenant ? Nulle part. Retiens-le dès à présent, et ici même en direct que, la raison est le plus vieil ennemi de la folie. Tue la raison, et tu sauras les merveilles et les plaisirs de la folie. Il suffit d'accepter l'irréversible démence de la raison, et le tout sera joué. Concluait le Troisième.

— Cette vie est un hôpital où chaque malade est possédé par le désir de changer de lit. Proclamait le Deuxième.

— Et puis, l'ignorance n'est pas une garantie de pureté. La vie est un vaste champ où se déploie une folie infinie. Une explosion tsunamique d'aliénation. Adjoignait le Troisième.

Il, Felix, échangeait entre les autres lui et lui pendant longtemps. Assez longtemps pour le faire capituler. Le basculement tant redouté par sa famille. Oui. La capitulation sans retour. Le non-retour. Ah la vie ! La vie est un long chemin, et chaque arrêt est une nouvelle vie qui commence. Il n'avait dès lors pas su profiter de l'expérience du monde de l'entre-deux.

Les jours succédaient aux autres et la misère durcissait encore ses rangs. Bien qu'au LMN, la souffrance était encore présente. Il fallait consommer la tête du chat. disaient-ils. Sinon, le changement n'apparaîtra qu'à l'horizon. Ah l'horizon, un mirage ! Cette illusion qui, quand on croit s'être réellement approché, s'éloigne de plus en plus.

— « C'est à la sueur de ton visage que tu mangeras du pain, jusqu'à ce que tu retournes dans la terre, d'où tu as été pris ; car tu es poussière, et tu retourneras dans la poussière ».

C'est dans Genèse 3 :19 qu'il arrêta soudainement sa lecture. Referma son texte, mais il ne le rangea pas. Regard dispersé, éparpillé, lâche, dans les nuages, le parrain de Félix Nguéma garda la bible sous la main gauche et l'autre au-dessus comme quelqu'un passant sous serment.

— Monsieur Félix Nguéma Ndong, disait-il, il sied désormais de consommer la tête du chat, ne croyez-vous pas ? Plusieurs choses vous sont proposées : une partie de votre talon, les cheveux du milieu de votre tête, une dent, vos ongles de doigts ou de pieds, un rein, le testicule droit, l'homosexualité ou le lesbianisme, un sacrifice humain — a priori votre femme ou votre septième né —, etc. Sachez que pour chaque membre donné, il pourrira après sept mois. Son pouvoir est limité et la richesse avec. Trois millions de transferts pour chaque membre. Dix-sept millions du transfert pour l'homosexualité et le lesbianisme. Cinquante millions du transfert pour le sacrifice humain… Je vous propose la deuxième somme citée pour le vrai début des soins de votre chère mère qui s'élève au total à vingt millions. Ainsi, vous chercherez comment combler les trois autres millions. Votre travail le déterminera. N'oubliez pas votre mère. Votre chère mère.

Quand il valida le contrat, il reçut automatiquement le transfert. Il fallait que son parrain ouvre la voie… chose faite. Même avec cette somme, l'hôpital refusait de commencer les soins. Pour eux, cela n'aura lieu qu'en présence de la totalité.

— Pourquoi ne pas me sacrifier pour elle ? Je lui dois tout. Même si ma vie est à offrir, je le ferais pour elle sans hésitation, sans réflexion aucune. pensait-il.

Il recevait des appels de partout. Tout le monde voulait goûter à la bonne chair fraîche. Les propositions étaient diverses : de cent milles à trois cents milles, voire cinq cent mille la nuitée. Il enchaînait les rendez-vous sans craindre les conséquences. Sans aucun repos. Il alla même jusqu'à oser des séances de partouze à trois une fois. De là, il amassa assez. Il prit goût. Puis deux fois, trois fois, quatre fois…

# Livre 5

Regarde !
Et n'oublie pas !

Oh, non !
Pas les faux pas,

N'oublie pas les premiers pas,
Ceux qui t'ont conduit vers la lumière.

Et n'oublie pas !
Non !

Ne le fais pas,
Oh, non !

Pas les faux pas,
Marche plutôt vers la lumière.

A-t-on touché le fond ?

*La Plume De L'Esprit*

***************

Il avait grandi au milieu d'une famille chrétienne. Ses parents étaient tous deux aguerris dans cette foi. Il était l'aîné d'une famille de trois enfants. Après sa naissance, sa mère rencontra d'énormes difficultés à donner à son père d'autres enfants. Ce n'est qu'au bout de six années que son ventre devint à nouveau généreux. Ketsia et Jayis, ses sœurs jumelles vinrent au monde lors d'une pluie sans nom. Les arbres se déracinaient et s'écroulaient sur les maisons qui tombaient en ruine sous le poids de leur tronc. Le vent, comme d'une main agile balayait tout ce fracas d'un simple revers de la main. On aurait parié que le ciel était contre les créatures humaines. Les craquements des arbres fusionnaient avec les cris stridents des familles apeurées qui se mêlaient aux pleurs des enfants. Les animaux proclamaient à voix haute leur mécontentement vis-à-vis de ce ciel cruel. Les rivières sortaient en catastrophe de leur lit sans jamais laisser de temps à quiconque... Le pays tout entier, ce jour-là, connut le plus grand malheur de son existence. Mangusu Boniface Belhomme — septième né de sa famille —, le président à la télévision, torse bien droit, complet sur mesure lui donnant ainsi une posture majestueuse disait :

*- Mesdames et messieurs, mes très cher.e.s compatriotes.*

*C'est avec le cœur très serré que je me présente devant vous.*

*Nous vivons un moment des plus troubles dans notre pays. Plusieurs personnes adorent dire qu'« après la pluie vient le beau temps ». Mais aujourd'hui, nous expérimentons une nouvelle philosophie de ladite pensée. Nous pouvons affirmer, sans avoir peur de nous tromper, que « le beau temps ne succède toujours pas à la pluie ».*

*Mesdames et messieurs, mes très cher.e.s compatriotes.*

*Depuis que vous m'avez porté à la tête de notre jeune, splendide et magnifique nation, je n'ai de cesse de réaffirmer mon engagement quant à la santé du peuple, de mon peuple. Votre santé et votre bien-être sont ma priorité.*

*Ici et maintenant, je vous rassure encore que je garde le même cap, avec moi comme chauffeur de cette voiture qui est notre si beau pays, la destination est bien fixée et inchangée.*

*Malgré le deuil qui nous frappe tous, je ne faillirais pas à ma mission, à cette tâche particulière. Il ne faut pas que nos esprits soient dans le noir après cet événement.*

*Mesdames et messieurs, mes très cher.e.s compatriotes.*

Étant le premier citoyen de la nation, je porte sur mes larges épaules toute la charge, tout le mal qui vous accable.

*Je partage vos douleurs, vos peines au-delà des miennes. Parce que dans la foulée, le ciel m'a tout aussi puni en m'ôtant non seulement Putelvia ma septième fille, mais aussi son septième garde du corps et le septième chien de la maison.*

*Pour toujours gardons nos disparus dans nos cœurs, pour que la nation en particulier et le monde en général conserve cette tragique journée en mémoire, moi, Mangusu Boniface Belhomme, docteur président, grand maître, petit piment, en date de ce jour, déclare férié ce jour de deuil, et ce, chaque année.*

*Mesdames et messieurs, mes très cher.e.s compatriotes.*

*Dès ce soir, je délèguerais un comité spécial d'enregistrement des familles sinistrées. La nation a conscience des difficultés financières, que tout le monde ici endure, dues à la crise économique qui frappe le pays...*

*Toutefois, je promets d'assurer à tous un nouveau départ. Nous supporterons tous ensemble ce fardeau. Accueillez bien ces hommes chez vous dans le but de facilité leur mission.*

*Mesdames et messieurs, mes très cher.e.s compatriotes.*

*Gardons toujours la tête sur les épaules et bien droite afin de supplanter toutes les épreuves...*

*Puisse Dieu nous garder toujours en santé. Vive la république. Je vous remercie.*

L'éducation des enfants était basée sur les principes bibliques. Les valeurs qui fondent l'humanité étaient le fondement dans la maisonnée. La dignité et l'intégrité ne pouvaient être bafouées chez eux quoiqu'ils fussent si pauvres. Ils restaient dans les bidonvilles où les populations et les moustiques partageaient le même voisinage, les mêmes murs, les mêmes salons, les mêmes chambres, les mêmes lits, les mêmes tout...

Leurs parents leur inculquaient ces valeurs humaines de telle sorte que, cette identité s'incrustait en eux jusqu'à en devenir des traits intrinsèques qui les distinguaient des autres familles autour d'eux.

Comme un prophète, leur père les prépara à affronter cet avenir incertain dans un monde rempli d'injustices, un monde comme le dirait Mimbi de : « mabouls ridicules. » Ah ! Un monde inspiré par le narcissisme. Alors, ils récitaient dans cette ambiance d'enfance, ensemble avec toute la famille, chaque soir certains passages bibliques qui autrefois ne représentaient pas grand-chose, mais qui, aujourd'hui, dans le monde du travail valent plus que de l'or. « Tu ne coucheras point avec un homme comme on couche avec une femme, c'est une abomination. » Il puisait cela dans le livre de Lévitique 18 : 22. Et aussi, dans Romains 1 : 26-27, il leur montrait que, à cause du fait que les Hommes devenaient injustes et avaient leurs cœurs plongés dans les ténèbres. Alors, la colère de Dieu s'abattit sur eux de façon à être : *Livrés à des passions infâmes, car leurs femmes ont changé l'usage naturel en celui qui est contre nature; et de même les hommes; abandonnant l'usage naturel de la femme, se sont enflammés dans leur convoitise les uns envers les autres, commettant l'infamie, mâles avec mâles, et recevant en eux-mêmes la due récompense de leur égarement.*

C'était donc là, selon lui l'un des signes justifiant l'égarement de l'homme loin de son créateur. Alors que l'homme ne devrait pas vivre loin de son père, son créateur, son Dieu. Ces propos venant de leur père étaient pour eux des paroles d'évangile, donc incontournables. Tous aimaient cela. Celui-ci les sensibilisait également sur toute autre relation anomique en dehors de l'homosexualité. Il leur parlait de l'inceste en s'appuyant sur ce passage de Lévitique *Nul homme ne s'approchera de sa proche parente, pour découvrir sa nudité. Moi, je suis l'Éternel.* Et aussi de la zoophilie, lorsqu'il leur racontait l'histoire choquante qu'il découvrit dans le journal :

*L'amant d'une chienne. Après avoir chassé sa femme, il ne s'accouplait plus qu'avec la chienne de son voisin. Et un jour, trop en manque de sensations fortes, on le trouva, à sa cour, en flagrant délit et cela lui coûta toute sa dignité...* Ils récitaient par la suite le verset 23 de Lévitique 18 : *Tu ne coucheras point avec une bête pour te rendre impur avec elle ; et une femme ne se tiendra pas devant une bête, pour se prostituer à elle : c'est une confusion.*

Quand il eut treize ans, son père mourut de trois balles. D'abord, la première transperça la tête de part et d'autre, brisant ainsi tout sur son passage. Ironie du sort, elle s'échoua sur un mur sur lequel était inscrit le mot « mort » et pour couronner le tout, entre la voyelle « o » et la consonne « r ». Ensuite, la deuxième alla percer directement le cœur sans laisser de possibilité de coma. Elle aussi perfora le corps de part et d'autre. Enfin, la dernière s'engagea au niveau du rein droit. Elle fit la même chose que les deux premières. L'assassin avait pris tout son temps dans cette ruelle, quoique la plus fréquentée. Parce que, en regardant de très près, on pouvait voir un triangle dessiné avec les impacts des balles sur le mur. Personne n'avait rien vu. Et puis quoi encore, personne dans ce mauvais pays ne voyait jamais rien. Travail d'expert.

Un an après qu'il validait son certificat d'études primaires. Cela n'était que la première partie d'une succession de malheurs. Ne dit-on pas qu'un problème ne vient jamais tout seul ? Il aime tant sa famille qu'il ne s'en sépare que très difficilement.

Deux ans après ce drame qui avait considérablement impacté la vie de la famille — à la sortie des cours —, ses sœurs succombaient, elles aussi, à la suite d'un accident de circulation. Le chauffeur qui avait écourté leur séjour terrestre avait disparu des lieux sans demander la suite. C'était un choc pour sa mère qui se résolut de mettre toute son énergie sur lui afin de ne pas le perdre lui aussi. Elle l'éleva comme son unique enfant. Se battait sans relâche afin de le doter de tout le nécessaire possible. Elle se lança dès lors dans le commerce tout en gardant ses valeurs, lesquelles valeurs elle continuait d'inculquer à ce dernier. Il représentait tout pour elle et inversement.

La société dans laquelle évoluait le jeune homme voulait impacter sa vie. C'était l'école de la vie. Sa mère le sachant, n'avait cessé de renforcer sa culture et son identité. Comme une pieuvre, les nombreux tentacules bien enracinés, celui-ci marqua avec brio le début d'une aventure universitaire. Pour ce faire, sa mère l'envoya poursuivre ses études à l'extérieur, à Paris, où il fit plusieurs mois sans contact direct avec celle-ci. Sa source d'eau éternelle, sa luisance extrême, son essence.

La vie. Elle est pleine de surprises. Pour gagner sa vie, il faisait dans le tourisme et la mercatique au-delà de sa formation en lettres. La politique de l'emploi était difficile pour les étrangers. Il fallait présenter plusieurs documents pour avoir juste un travail en qualité de plongeur. Il regarda vers son pays où tous les secteurs étaient un appareil de cette secte désormais appelée : Le Cœur Chaud Du Moustique (LC²DM). Partout, le LC²DM avait pour filleul : Le Mamba Noir (LMN). Le Mamba, comme on l'appelait coutumièrement, était strictement réservé aux trois premiers niveaux d'initiation. Quand, l'initié était jugé apte pour la suite, il pouvait seulement là, intégrer le LC²DM afin de poursuivre les quatre autres étapes. Plus le fils spirituel est actif, plus vite il monte les échelons. Il continua dans le même chemin.

- Après l'obtention de son diplôme de maîtrise, il opta pour les télécommunications où bon an mal an, il sortit ingénieur informatique.

Merci seigneur, disait-il.

— Sa mère ne pouvant plus subvenir à ses besoins pour cause de vieillesse doublée de maladie, et ne trouvant pas d'emploi là-bas avec un passeport qui, dans quelques jours, six mois au plus sera périmé. Sans oublier le titre de séjour qu'il ne lui sera plus autorisé à renouveler sans changement de situation. Il n'eut pas d'autres solutions que de finaliser ses dossiers afin de faire un retour au pays natal pour chercher du travail.

— Comment te portes-tu là-bas, chéri ? disait-elle au téléphone.

— Je vais bien mère. Et toi ? lançait-il à l'autre côté de l'écouteur.

— Oui, je vais très bien. As-tu au moins de quoi vivre pendant un bon moment ? Car je n'ai plus de force pour faire du commerce. laissait-elle échapper avec anxiété. Sachant qu'elle perdait le sourire et la force de continuer son travail de commerçante. Elle se sentait mal dans sa peau, bien plus encore dans son être.

— Mère, ta voix me dit le contraire de tes paroles-là. Es-tu certaine que tout va pour le mieux là-bas ? interrogeait-il.

— Rassure-toi mon bébé, ça va. J'ai eu quelques céphalées — il y a trois à quatre jours —, mais elles sont passées très vite comme une lettre à la poste.

— Es-tu vraiment sûre, mère ?

— Oui, je le suis, mon fils.

— Mère, je t'ai déjà expliqué ce qui se passe ici. Alors je souhaite, avec ta permission, revenir là-bas m'occuper de toi…

— Tu as déjà, et ce depuis très longtemps, ma permission et ma bénédiction sur tout ce que tu entreprendras dans ta vie. Pourvu que cela ne déconstruise pas le propre de ton éducation. Mon sein t'est exclusivement réservé, chéri.

— Merci mère. Merci pour l'amour que tu n'as de cesse de me donner. Merci pour ça et toutes les autres choses encore.

— Tu es la seule famille qui me reste. Si ce n'est à toi, à qui donc cela reviendrait-il ? Reviens-moi vite, bébé. concluait-elle.

— J'ai compris, mère.

Le son de fin d'appel retentit à l'oreille d'Iya Ndong qui lentement remit le téléphone à sa place. Peu de temps après, Félix Nguéma était de retour. Au-delà du mauvais état de santé d'Iya, la joie pouvait se lire sur son visage.

Il chercha très vite de quoi faire passer le temps, un emploi a priori. Mais rien. Rien pour des personnes aussi honnêtes que lui. Rien pour la vérité et les bonnes gens. Et puis, croyait-il s'en tirer aussi facilement ? Non. La vie n'est pas un biberon tout fait qu'il suffit de mettre à la bouche. Trop facile. C'est trop facile ainsi. Et Félix Nguéma le savait très bien. Sinon, c'est à ses dépens qu'il le découvrira.

— Les jours succédaient les autres et les mois sans repos coulaient telle une berceuse silencieuse d'un fleuve endormi. Félix Nguéma malgré ses nombreux diplômes ne décrochait toujours pas d'emploi. Un emploi. Juste un petit emploi. Partout où il déposait ses dossiers, on lui disait toujours :

On vous appellera.

— Classique. Très classique comme réponse. Cette phrase dit long. Elle dit tout. Elle décourage et déstabilise le moral. Avec le cœur triste, il tournait ses talons et à pas de limace, il continuait tant bien que mal. Ce jour-là, il entra bien plus tôt que d'habitude. Épuisé et prêt à tout renoncer. Quelques mots à l'endroit de sa mère, puis alla dans sa chambre. Il s'agenouilla et pria :

*Nyambi Tata, méridio, kéguia mwuo. Ghusa na osé ona saka bondu wu. Ndzabé, nà natù ? Omwuènè omègna. Motsô ta nô : ma bévè na ma lovè. Nane !* *(Seigneur, je ne suis pas digne de Toi. Mais dit seulement une parole et je serais guéri. Accorde-moi Ton pardon éternel Père. Comme nous pardonnons aussi, à ceux qui nous ont offensés. Ne nous soumets pas à la tentation et délivre-nous de tout mal. Car c'est à toi...)* priait-il.

Après cela, il fit quatre semaines à la maison tout en renonçant à toute autre tentative de dépôt de dossiers. C'est dans ce moment de grande contrariété qu'il reçut un appel d'une petite entreprise privée de la place lui proposant le poste d'ingénieur informatique.

# Livre 6

Sa conscience n'a pas d'yeux,
C'est pourquoi il ne voit pas Dieu.

*Pierre Claver* **AKENDENGUE**

***************

Le temps passait avec précipitation, entrainant avec lui une vague d'évènements. Alors, un jour, quand il ne manquait plus que six cent mille ; il décrochait à l'appel d'un certain Big Boss, un gros légume de la place, qui lui proposait la coquette somme d'un million deux cent mille pour une partie à trois à l'hôtel « Tue-Moi Toute La Nuit ». Il accepta volontiers. Le rituel de préparation s'était fait dans le strict respect du plus petit détail possible. L'horloge pleurait pour annoncer l'heure du rendez-vous. Vingt et une heures tapantes.

C'est seulement à cette heure, exactement, que tous les chats devenaient gris. Le « Tue-Moi Toute La Nuit » s'était vêtu, ce soir-là, de ses plus beaux habits. Deux jeunes attendaient déjà à la chambre. Il se présenta à la caisse, chuchota quelques mots et sans perdre de temps, on lui confia la clef, le numéro de chambre et le badge pour l'activation de l'ascenseur après validation de l'étage. Sixième étage. Sixième couloir à droite, chambre six annonçait à voix basse l'accueil. Plus une minute à perdre, il prit l'ascenseur pour s'y rendre.

À l'intérieur, une musique suave accompagnait la circonstance. Un peu de vin rouge, du blanc rosé, du moelleux, et des hors-d'œuvre pour entamer le moment. Au plus profond de lui, il se disait que c'était le dernier coup après, il arrêtait tout. Cette vie n'était pas la sienne. « Mon père doit se retournait assurément dans sa tombe en voyant ce que je suis devenu » se disait-il.

Quelques caresses ouvraient les hostilités. Les préliminaires s'annonçaient assez intenses, mais surtout difficiles, assez rudes. Soudainement, des soupirs étranglant se laissaient entendre, suivis de gémissements partagés entre plaisirs et douleur. Les deux jeunes, pleins d'énergies, se défoulaient sans contenance, sans plus maîtrise. Félix Nguéma Ndong réclamait une pause. Mais sans écho favorable. La douleur montait jusqu'à la gorge où la voix, entre les dents, s'échouait. Mêmes les ongles de Félix Nguéma n'avaient aucun effet sur eux. Ils brûlaient toutes les calories de leurs corps transpirants à grosses gouttes dans une chambre qui inondait pourtant d'air conditionné. Dans les têtes de ces derniers une seule idée : casser la baraque.

Au même moment, chez Iya, tout allait mal, très mal. En effet, elle faisait une crise. La crise. Les médecins cancérologues et tout le staff nécessaire voulurent désormais faire quelque chose. Les chirurgiens s'essayèrent, rien. Les radiothérapeutes voulurent ajouter quelques minutes de vie au corps, rien. La crise persistait. Le corps d'Iya était comme secoué par une force ou un être invisible. On fit appel aux chimiothérapeutes qui renoncèrent devant la porte. L'hormonothérapie à son tour ne put rien. L'hôpital était en émoi. On pensa à mobiliser les défenses immunitaires d'Iya contre sa maladie en pratiquant l'immunothérapie, mais son système immunitaire rejeta toute tentative de modification de son fonctionnement déjà pénible. Les médecins se dépêchèrent comme jamais.

Le bruit des va-et-vient du personnel se confondit aux cris stridents des malades non seulement cloués aux lits et guettant leurs tours comme un fauve patiente sa proie, mais aussi, ceux devant leurs portes avec des visages de chiens abattus. Mais rien. Il était déjà trop tard. Iya Ndong avait déjà rejoint son homme dans l'au-delà. Oui, elle avait cassé sa pipe.

Les deux tourtereaux avaient tellement cassé la baraque qu'elle s'était entièrement effondrée sur Félix Nguéma. Constatant son corps engourdi ; un corps sans presque plus de vie, ils s'évaporèrent sans nul regard en arrière. C'est là qu'il entendit une chanson en provenance, peut-être de la fenêtre entrouverte.

Le POR faisait ses merveilles. Les arbres, la nature entière et celui-ci étaient comme complices. Des instrumentaux, perceptibles à peine, perçaient sa mort rythmée par le mouvement de la faune et de la flore. Séduisante et imprévisible elle était. Puis, avec Sa Majesté, il lança un titre dont l'écho du vent rapportait une voix en off des méandres de l'oubli…

Lorsque l'hôpital appela pour annoncer la nouvelle, plus aucune réaction de ce dernier. Eu égard l'insistance de la sonnerie du cellulaire, la technicienne de surface de l'étage, malgré elle, poussa simplement la porte entre-bâillée et constata le corps inerte de Félix Nguéma Ndong.

Sincèrement, c'est le silence des hommes bien qui

tue. L'homme est un comprimé amèrement dangereux. C'est une menotte difficilement détachable que l'humanité a désormais autour de ses poignets. Une bombe atomique. Mais tout n'est pas encore perdu, le changement est toujours possible.

L'humain à ce pouvoir-là, cette force et cette capacité de tout rebâtir. Revenez à l'Oralité et surtout, ayez confiance en la source de toute création ! Et après tout, la sagesse des anciens a du bon. Leurs enseignements nous gardent des méfaits de la ville et nous aident à respecter les lois Suprêmes. En vérité je vous le dis, le monde ne se portera jamais mieux tant que ceux qui doivent, non pas seulement, lever le regard, mais également et surtout le soutenir, le tiennent baissé ! Si toi tu as le droit de rêver, c'est parce que tu as le devoir de briller. J'ai encore fois en cette jeunesse, à ce peuple conscient. Inongo Ayilé : notre peuple ne disparaîtra jamais. Parce que votre silence est signe de complicité, alors à vous maintenant la Parole…

**Fin**

# Table des matières

# Romans déjà parus

*Ghélongo ou le remède* — Okoumba-Nkoghe et Efry T. Mudumumbula
*Les vérités silencieuses* — Efry Trytch Mudumumbula

Réalisation de maquette : GNK Éditions Gabon

Tel : (+241) 066 600 380

gnkeditions.gab@gmail.com

Site : www.gnk-editions.com


ISBN papier : 978-2-37806-385-6

ISBN pdf : 978-2-37806-386-3

ISBN epub : 978-2-37806-387-0


Imprimé par gnk.impression@gmail.com
(+241) 077.853.540

Dépôt légal de décembre 2022

4e Trimestre 2022